シバ犬ごん太の人間学入門

風野どんぐり 著

文芸社

目次

第一章　愛すべきおいらの家の住人

おいらの名前はごん太左エ門熊の介。れっきとした血統書付きのオスのシバ犬。年令は現在三才と八カ月、血統書に書かれている名前は〝松富士号〟という大ゲサなもの。それにも増して平成のこの時代にこんな名前を付けるというおいらの飼い主が想像できるというもの。たくもう。

ではまず初めにおいらの家の変な住人についてお話ししましょう。やたらに格好つけていばりくさっている父ちゃん。そして年令のわりにやたらと足腰が強くて威勢のいい母ちゃん。それと今にも死にそうなよたよたの婆さんが一人。そして唯一若々しいのがおいらです。母ちゃんに言わせるとこの父ちゃんという人物はかなりのトンカチ頭らしい。そして見かけと実際にやることがこれほど違う人も珍しいらしい。家では〝ヌカーリー〟という名をほしいままにしています。ちなみにこれは間が抜けていることを言うらしいのです。そしてカサを忘れてくる名人なんだってサ。少々短気でとにかくすぐによく怒鳴る人で「どアホッ」の一言。おいらなんか小さい頃何べんも捨てられそうになりました。そのことで母ちゃんはペットショップに本気で相談に行ったそうです。でも母ちゃんは、父ちゃんの扱いは手慣れたもので、一言〝単純な人〟で終わりです。ふーん。

そしてそういう母ちゃんは、父ちゃんに〝どんぐり〟とか〝らっきょう〟とか〝おっさん〟とか言われています。これは母ちゃんのヘアースタイルや性格からきているらしいのです。近頃は茶髪や金髪の若者は全然珍しくありませんが、なにせおいらの母ちゃんは元祖金髪メッシュ入り茶髪で、しかもその髪の短さといったらほとんど坊主頭に近く、しかも頭のてっぺんの毛を三本ほど、アンテナ代わりといって立てているのです。美容室のスタッフの間でも有名で、〝オバQルック〟と言われているそうです。そして父ちゃんに〝ガソリンスタンドのおばさん〟と言わしめているつなぎを着ているのです。でもそれが母ちゃんの周りの人の間では結構好評で、同じような格好をする人も出てきたとか。おいらも母ちゃんには似合うと思います。若々しくて大好きさ。

　そして忘れちゃならないのが、この我が家で最高の骨董的存在である婆ちゃん。父ちゃんも母ちゃんも骨董品は大好きで、家にもいくつかありますが、婆ちゃんの明治生まれにはかなわないようです。当年九十二才になりましたが、今でも活躍中の我が家のこれまた骨董的な柱時計と同じくらい元気なんだよ。時として父ちゃんも母ちゃんも負けている時があるナとおいらは見ています。母ちゃんが言うのには、婆ちゃんは都合よく子供になったり年寄りになったりするそうです。どういうことなのかおいらにはよくわかりません。そして世間一般の家庭によくある〝嫁と姑の大バトル〟というのがあり、おいらはこれを高見の見物としゃれこむのが大好きです。この件につきましては後ほどより詳しくお話ししたいと思います。とにかく面白いんだから。ワンワン!!

　おいらがこの変な家の一員になったのは、生後二カ月の時でした。これが縁というものなのでしょうか。この日はペットショップの大安売りの日でした。朝から次々とくるお客さんにおいらはもう疲れはててしまい、ひっくり返ってグーグー寝ていました。そのおいらのケージの前で変なおっさんとおばさんが店員の兄ちゃんと話しているのがおいらの耳に入ってきました。

「ちょっとお兄さん、今日はいつものかわいいシバ犬いないの？　こんなクマみたいにでっかいの嫌だワ」っておばさん。「ウチは豆シバがほしいんだけど」っておっさん。「顔もかわいらしいのがネ」ってまたおばさんの声。でもそこはさすがショップのお兄さん、有無を言わさずケージを開け、ひっくり返って寝ているおいらをたたき起こすとサッと抱き上げ、すかさずおばさんの腕においらを抱かせた。そして「すみませんネェーッ、今朝から何匹も出てしまってもうこれだけなんですよ」てなことを言いながら、「どうです、かわいいでしょう。ホラ、お母さんだと思ってしがみついてるじゃないですか」ってネ。本当に商売の上手いことこのうえなしです。それにまんまと乗ってこのおっさんとおばさんがおいらの父ちゃんと母ちゃんになったというわけです。

ケーキの箱よりちょっと大きめの箱に入れられて、おいらは車に乗せられてペットショップを後にしたのです。そしてそれがさまざまな騒動の始まりとなるわけです。今まではペットショップの狭いケージがおいらの住み家でした。ところがいきなり広いフローリングの床に降ろされ、おいらは右も左もわからずウロウロと歩き回ったり走ったり。部屋にいた骨董婆さんが「ワァーッ、犬というよりクマのぬいぐるみみたいやネ」だってサ。このれっきとした血統書付きシバ犬のおいらに向かってサ。さあそれからひとしきりおいらの顔や体のことで三人が言うこと言うこと。

「この太い足、見て見て。これだけ太い足してたら大きくなるんだってサ。豆シバいなかったんだから仕方ないわよネ」とか「シバ犬って普通耳がピンと立っていてかっこいいのに、この子垂れてるワ。本当に立つのかしら」だって。ペットショップのお兄さんが「半年くらいしたら絶対に立ちます」って太鼓判押してくれてただろうっておいら叫びたかったよ。極めつけは父ちゃんの「このまっ黒けの鼻見てみろよ。豆しぼりでほっかむりさせたらまるでこそ泥だぜ。よくもまあこんな汚ない犬をお金を出して買ったもんヤ。野良犬でもこんなに汚ないのはいないゾ」だって。もうそれが親の言うことでしょうか。おいらは涙が出てきました。クー―ッ!!「今に見ていろ、みにくいあひるの子だって変身したんだ。おいらだってりっぱなシバ犬になってやるゾ」って心に決めました。

そして大型犬が入るくらいのかなり大きなケージの中にダンボール箱の寝床を入れたものが、それから三カ月間のおいらの住み家となりました。そして朝と夕方の一時間くらいが、それからのおいらにとっての至福の時となるのです。なぜかって、それはその時だけケージから出してもらえて自由に走り回ることができ、そして何よりうれしい食事がもらえるからです。ウンチもおしっこももちろんその時にするのです。ペットショップのお兄さんから教えてもらった通りに父ちゃんも母ちゃんも一生けん命でした。でもおいらにも誇り高きシバ犬の意地があります。おもらししたのはたった二回だけです。一回はケージの中、初めての朝でした。ペットショップでのクセが抜けなくてついもらしてしまいました。その時は叱られなかったのですが、二回目に床におもらししてしまった時は父ちゃんと母ちゃんが生後二カ月の逃げ回るおいらをはさみうちにしてつかまえ、床のおしっこに鼻を何べんも何べんもこすりつけて怒りました。痛いのなんのってそりゃあもう鼻の頭がすりむけるかと思うくらいだったよ。今でも二人はおいらを怒る時だけは妙に気が合ってます。不思議です。間に入って婆ちゃんウロウロ、オロオロ。そしてあろうことか父ちゃんも母ちゃんも腕っぷしはめっぽう強く容赦なしです。そうそう、母ちゃんには〝アトム〟というニックネームもあるんですワ。あの鉄腕アトムのことです。話はちょっとそれますが、殴る蹴るのケンカは、二人で趣味みたいにやっています。四の字固めとか一本背負いとか専門用語が飛びかって、すごいのなんのって。おいら知ーらないっと。話を戻しましょう。ケージから出してくれる時は結構のびのびと遊ばせてくれました。そしておいらは何をした時に父ちゃんと母ちゃんが怒るのかわかるようになってきたのです。

●絶対にしてはいけないこと

その一、婆ちゃんの和室に入らないこと

その二、スリッパをくわえないこと

その三、部屋の中に飾ってある物をひっぱったりかじったりしないこと

それ以外のことは、走り回ったり、自分のおもちゃだったらかじろうとひっぱろうと自由でした。でもこんなことは家の中での小さなことでした。おいらが知らず知らずのうち

に体にたたきこまれ、しっかりと体で覚えさせられたことがあったのです。それこそがりっぱなシバ犬になるための、とっても大切な条件だったのです。

それは、〝絶対に人間を噛まないこと〟〝無駄に吠えないこと〟〝辛抱強く「待て」ができること〟でした。〝噛む〟という行為は犬にとっていろんな意味があります。特に小さい時は自分を守るための本能みたいなものなのです。犬にとって人間の手ほど恐いものはないのです。特においらは生まれてすぐ親元から離され、親犬に何も教えてもらわないうちに人間社会に入門させられました。自分の身は自分で守るしかないと本能的に感じることが特に強かったようです。怒られた時などは目むいて歯むいて鼻むいて、本気で父ちゃんや母ちゃんに噛みついて自分を守りました。そしてやったーと思うのですが、敵方もさるものです。助っ人が現れ、初心者の父ちゃんと母ちゃんに知恵を伝授したのです。どうしたのかって？　それからはおいらが牙をむくと、その度に首根っこをつかまれて、でっかい拳《こぶし》が口の中につっこまれることになりました。グリグリとネ。あごが外れそうになったことも度々です。このことでは特に二人は意気投合していて容赦なしで、本気でコテンパンになるまでおしおきされるハメになりました。でもこれを何回かされるうちに、この家で一番偉いのが父ちゃんだということを覚えました。父ちゃんがおいらの絶対的なボスなんだとわかるようになってきました。

そして生後三カ月が過ぎるまでに予防接種が三回あるのですが、この時に近くの獣医さんに連れていかれます。とってもやさしい院長先生と、美人で腕のいい女医さんがいます。二人はご夫婦です。この先生がいつも言うセリフがあります。「ごん太ちゃんのところはお父さんにしっかりしつけてもらっているからおとなしく診察できますネ」ってネ。

先生は噛まれることもしょっちゅうらしいのです。でも何よりおいらは高い診察台の上に乗せられたらそれだけでもう恐くて恐くてブルブルふるえてしまいます。母ちゃんなんか「ごんチふるえてるの？　情けないわネェーッ」なんて言ってゲラゲラ笑っている。おいらの気持ちも知らずにサ。そして父ちゃんがおいらのほっぺたを両手でひっぱってつかまえている間に先生がブスッて注射するってわけ。ワンって言う間もありません。でもその後、美人の女医さんがごほうびにクッキーを一つくれます。そこでもおいらはちゃんと

「待て」をしてからでないと、クッキーは食べさせてもらえません。だからちゃんと「待て」をしてからいただきます。「偉いのネ」ってほめられて、おいらちょっと鼻が高いです。とってもうれしいです。

動物社会の中ではボスは絶対的な存在です。ボスである父ちゃんの言うことを聞かなかったらろくなことがないということがハッキリとわかりました。でもネ父ちゃん、母ちゃんもよく言うだろ。いくらボスでも力ずくだけで言うことを聞かせようとしても無理なんだよ。相手の気持ちを理解してあげたり、優しく言い聞かすことも必要だと思うよ。確かイソップ物語だったと思うけど、北風と太陽のたとえがあるじゃないか。おいらだって悪いことをした時には、しまったと思って後悔しているんだからサ。だから怒った後、おいらのことも少しはわかってほしいよナ。それでこそ本当のボスというものだよ。ナッ、父ちゃん。ワンワン。

では母ちゃんはどうでしょう。おいらはナンバーツーの座を虎視眈眈とねらっているのですが、どうしてどうして母ちゃんもかなりのもので、一見やさしそうに見えますが、いざという時には一歩も後に引かず、真正面から向かってくる気迫にはすごいものがあります。だからさしあたって今のところナンバースリーがおいらのポストです。

エッ？　あー婆ちゃんはおいらのケンカ相手ではありません。危なっかしくてまったく見てられないヤ。だからおいらは婆ちゃんには体当たりもしないし、命の次に大事な物とか言っている杖はとりません。余談になりますが、そんなに大事な物だったらなんであんなにしょっちゅう「杖がない、杖がない」と家族中まきこんで大騒ぎするのでしょうか。あんな長い物、どこかにいくわけないと思うのですが。それもこんな狭い家の中でサ。おいらには理解できません。でも婆ちゃんは見つかるまで騒ぐので、父ちゃんも母ちゃんも文句を言いながらも見つけてあげるのです。大抵布団の下とか、キッチン、洗面所のちょっとしたすき間で見つかっているようです。ヤレヤレ。

アッ、そうそう。父ちゃんだって婆ちゃんのことは言えません。しょっちゅう母ちゃんに「オーイ、俺の小銭入れ知らないか」「眼鏡見なかったか」「ここにおいてあったメモ知らないか」などなど、家の鍵も車の鍵も今までにもう何回なくしていることでしょうか。

そして父ちゃん流の都合の良いクセは、他人のせいにするということです。大抵母ちゃんのせいになるのですが、母ちゃんはかなり記憶力が良く、いつもスッキリ明快に「あの時はこれこれこうだったでしょう」ってピシリ。母ちゃんの説明を聞いて父ちゃんは思い出す始末。母ちゃんのように何か自分の用事をしながら家族のことまで見ているなんて、そんなすごい才能はおいらたち犬にはありません。尊敬してしまいます。そんな母ちゃんに父ちゃんの情けない捨てゼリフ、「俺はそんな小さいゴミみたいなこと覚えてないよ」だってさ。

そうそう、まだまだありました。もっと大事な物。父ちゃんは仕事用のカバンを電車の中に忘れてきてしまい、駅長さんの部屋まで三回ほど引き取りに行ってるんです。『またあなたですか』って言われなかった?」って母ちゃんに言われながらネ。サイフも何回か落としており、家にいる母ちゃんに拾ってくれた人から電話があったということも聞いています。やっぱり父ちゃんは〝ヌカーリー〟です。父ちゃんの頭の中の回路には、記憶するという部分が欠落しているんだって母ちゃんが言ってました。フーン、そうなのか。おいらでもいろいろ教えてもらったことは覚えているのに。おいらの方が記憶力いいんだって心の中でうれしく思いました。

さっき話した予防接種は、八種混合とかいっておいらたち犬にとっては命取りになるような病気を予防するためのものなんだそうです。これがきちんと終わるまでは外に出してはいけないということでした。抵抗力がないためにいろんなところから病気をもらうからしいです。ですから三カ月間は家の中で遊んだり走り回るしかありませんでした。でもいつも父ちゃんや母ちゃんに抱っこやおんぶをしてもらって、庭を散歩させてもらいました。おいらは庭の大きなケヤキの樹が大好きで、その葉っぱをよくかじったことを覚えています。外に出ると父ちゃんはおいらをよく物置きの屋根の上に乗せて、降ろしてくれませんでした。部屋の中でもよくイスの上に乗せられて、飛び下りるけいこをさせられました。すべておいらを鍛えるという名目でしたが、おいらにはとてもそうは思えませんでした。

でも持って生まれたこの丈夫な太い足で、イスから飛び下りることくらいは何のその。

ジャンプをしてテーブルの上のおもちゃをとることも平気でした。でもさすがに物置きの上は高くて本当に恐かったよ。でもおいらは歯もアゴも強くて、父ちゃんや母ちゃんとのタオルの争奪戦でもひけをとることはありませんでした。

　父ちゃんも母ちゃんも〝躾〟ということに関しては本当に厳しくて容赦なく、体を鍛えるということに関しても半端ではありませんでした。ケージから出してくれる時には必ず抱っこしてかわいがってくれましたが、朝夕一回ずつ以外はおいらがいくら呼んでも知らんぷりでした。二人がいない時に婆ちゃんがケージの外からこっそりおいらにジュースをくれたこともありました。ウメッシュの時もあったよ。おいら何だかいい気持ちになってグーグー寝てしまいました。でもネ、婆ちゃん下手クソだからいつも床にこぼすんだよ。それですぐ母ちゃんにバレてしまって叱られるんだけど、それでも懲りないところが面白いんだよナ。

　この家にきて二カ月が過ぎた頃だったと思います。何か妙にお尻の穴がムズムズとかゆくてついついなめてばっかり。母ちゃんがすぐに気が付いて獣医さんに相談すると、「もしかしたらお腹に虫がいるかもしれませんので虫下しを飲ませてください」と言われ、すぐ飲まされました。次の日のウンチの時、父ちゃんと母ちゃんは大騒ぎ。何とソーメンみたいな細くて長ーい虫が三匹も出たのです。聞いてみるとそれが犬に寄生する回虫とのことでした。そのことがあってからおいらが父ちゃんのところに行くと、「コラッ、回虫小僧。こっちに来るな」って追い払うんです。顔でもなめようものなら、すぐまた「コラッ、なめるな回虫小僧。回虫がうつるだろう」だって。おいらだって好きで飼ってたわけじゃないよ。これは生まれた時にもう親犬から卵をもらっていて、それが大きくなったものなんだから仕方ないのにサ。それに人間にはうつらないって獣医さんも言ってたじゃないか。もしかしたら父ちゃんはおいらをいじめるのが趣味なんじゃないかって思えてくるのも無理ないよナ。

日々いろんなことがあり、その度においらは少しずつ人間社会との関わり方を学んでいきました。さあ、いよいよ三カ月間の家庭内研修も終わりです。おいらはもともと外が好きでしたから、外に出られるのがとっても待ち遠しくて、「外ではどんなことがあるんだろう」、「外に出たら何をしよう」って夢と希望でいっぱいでした。
そして、いよいよ〝公園デビュー〟の日が近づいてきました。

第二章　愛すべきおいらのワン友達

初めて外に出て土を踏んだ時、その不思議な感触はたまらないものでした。土と風のにおい、草のにおい。草の中に鼻をつっこんで思わずクンクン。おいらの野生の本能をくすぐるにおいが、いっぱいいいっぱいありました。あーやっぱりおいらは外が大好きなんだ。おいらの知らない楽しいことが外にはたくさんありそうな気がして、胸がワクワクしてきました。母ちゃんの持つリードをどんどん引っぱって、先へ先へと進みます。その時おいらは冒険家になっていました。見るもの聞くものがみんな珍しいものでした。なにせ全部が初めて見るものばかりなのですから。

そんなおいらが外に出て初めて会ったワン友は〝だいちゃん〟でした。だいちゃんもおいらと同じシバ犬でした。年令はおいらより半年兄貴分でした。母ちゃんはだいちゃんを見た時本当にかわいいと思ったらしく、もうべたほめでした。シバ犬らしい顔のシバ犬なんだそうです。だいちゃんの母ちゃんの鼻がちょっと天狗になってました。

そしてだいちゃんの母ちゃんはおいらの顔を見て、「ごんちゃんは本当にシバ犬？ 何か混じってるんじゃないの」だってさ。おいらの母ちゃんもこれにはカチンときたようです。でも顔は向こうの方がかわいいので母ちゃんはいつになく負けてたけど、おいらも正直言って仕方ないと思いました。なにせこの頃のおいらはシバ犬というよりもシェパードの子犬みたいに見えていたようです。

でもだいちゃんの母ちゃんは、先輩らしく結構いろいろ教えてくれました。おいら初めての日は外でなかなかウンチとおしっこができませんでした。だいちゃんの母ちゃんが、「最初はちょっとゆっくり時間をかけて散歩させてあげたら絶対するから」っておいらの母ちゃんにアドバイスしてくれました。おいらの母ちゃんも最初が肝心だからとなかなか粘り強く、おいらがその気になるまで二時間もかけて外を散歩させてくれたのです。先輩のように片足をヒョイとあげてかっこよくおしっこできるようになるまでには三日ほどかかりました。誰にも教えてもらわなくてもおいらは自分でできるようになったのです。うれしかったよ。

余談ですが、あのちょっと無神経なだいちゃんの母ちゃんは〝竹の子掘りの名人〟だったのです。何も知らないおいらの母ちゃんにその技を教えてくれました。近くの公園の雑木林の中にちょっとした竹ヤブがあるのです。そして五、六月の雨の降った次の日など、本当にいっぱい竹の子が顔を出しているのです。おいらは思わず自分のテリトリーにしようとおしっこをかけようとするのですが、母ちゃんに「ダメッ」と止められてしまうのです。竹の子というのは土の上に顔を出す寸前の物を掘らないと硬くなってしまうのだと名人が言ってました。おいらの母ちゃんは初めての体験に張り切ってました。おいらも手伝って鼻でクンクンさがし、前足で土を掘りました。おいら土掘りは大好きだし、家の庭でも訓練しています。その時おいらは〝花咲かじいさんのポチ〟になった心境でした。だいちゃんの母ちゃんは入れ替わり立ち替わり近所の人たちを竹ヤブに連れていっては名人芸を披露していました。おいらは竹の子ってスーパーにある水の入ったあの皮をむいたものしか知りませんでしたから、土の中から出てくるのを見た時は本当におどろきました。特に掘りたては味も香りも本当にうまいものなんだってさ。やっぱり外にはおいらの知らないことがいっぱいいっぱいあるんだ。次は何があるのかな。おいらは楽しくなってきました。

それから間もなく、おいらがだいちゃんの母ちゃんから見直される、ある小さな出来事がありました。それはおいらがしたウンチの後始末を母ちゃんがしていた時、ちょっとしたはずみで母ちゃんの手からリードが外れてしまったのです。元気の良いおいらはすかさず走り出しました。母ちゃんはちょっと追いかける風をしましたが、すぐ引き返しておいらを追いかけるのをやめたのです。そしておいらの方を見て帰る仕草をし、口笛を吹きました。それはおいらがボスである父ちゃんにいつもされている戻れの命令でした。おいらは母ちゃんのところに急いで戻りました。置いていかれては大変だと思ったからです。

その一部始終を見ていただいちゃんの母ちゃんはすっかり感心してしまい、だいちゃんにおいらの賢さを一生けん命聞かせていました。でもおいらにはだいちゃんはちょっと迷惑そうに見えました。それからだいちゃんの母ちゃんはおいらを違った目で見るようになり、おいらは賢いシバ犬ということになりました。でもそれはそれでおいらにとって今度は迷惑なことでした。

次にワン友になったのは、大先輩の〝カナちゃん〟と〝クニちゃん〟という姉妹のおばさん犬でした。二匹共とってもても美人、ン？　美犬って言うのかナ。おいらの母ちゃんに言わすと顔も仕草もメスってとってもかわいいらしい。カナちゃんは家では女王様なんだって。きっと偉いんだなっておいらはその時は思いました。でもしばらくしてから女王様と言われるわけがわかりました。カナちゃんはとってもワガママなんだって。フードもカナちゃんとクニちゃんに両方同じように入れてやると、カナちゃんはまずおいしいものから自分の分を食べた後にクニちゃんの分まで食べてしまい、クニちゃんが残りを食べようとすると「ウーッ」って怒るんだってさ。座り心地のいいソファーの上にはいつもカナちゃんが座っていて、クニちゃんは座らせてもらえないらしい。小さい頃から同じように育てたのに、何でこうなったのかわからないって。ちょっと意味合いは違うかもしれないけど人間にも十人十色っていう言葉があるように、おいらたち犬にも似たようなことが言えるのかもしれないなって、その時おいらは思いました。

そうこうしているうちに大変な出来事が起こったのです。ある朝カナちゃんが歩けなくなっていたのです。おいらはもうビックリ仰天、何でーって叫びそうになったよ。

カナちゃんもおいらと同じようにすごく身軽で、とっても年令には見えないワンちゃんです。いつものようにちょっと高めの石垣から飛び下りた時に、後ろ足というか、腰というか、痛めてしまったようです。人間で言うと下半身不随っていうのでしょうか、その後しばらくはお母さんやお兄ちゃんに抱っこしてもらっての散歩になりました。そのうちに自分の前足で体を支えて、少しずつヨロヨロと歩いては休み、歩いては休みという風になってきました。美人で真っ白なカナちゃんの後ろ足の毛が、血で赤くなっていました。でも負けず嫌いで誇り高き女王様のカナちゃんは頑張りました。獣医さんには「もう一生歩けなくなるかもしれない。このまま寝たきりの状態になって死んでしまうか、あるいは安楽死という方法もありますよ」って言われたらしいんだ。カナちゃんのお母さんは悲しそうでした。次に会った時、カナちゃんは白いクツ下をはかせてもらっていました。そのクツ下にはまだ血がにじんでいました。でもカナちゃんは頑張りました。

会う度に少しずつ歩けるようになっているのがわかりました。ヨロヨロしながら一生けん命歩きます。おいらも心の中で「カナちゃん頑張れ、カナちゃん頑張れ」って一生けん命言い続けました。いつもいじめられたり意地悪されているのに、クニちゃんはとってもやさしいのです。カナちゃんが動けない時にお母さんがクニちゃんだけを散歩に連れていこうとしても、カナちゃんの方を見ていて行こうとしないんだって。おいらはそれを聞いていて涙が出そうになりました。いつも強気のおいらの母ちゃんも涙ぐんでいました。〝鬼の目にも涙〟というやつでしょうか。兄弟、姉妹って本当に良いものだなと思い、兄弟のいないおいらはカナちゃんクニちゃん姉妹を本当にうらやましいと思いました。それと人間もよく言いますが〝顔じゃないよ、心だよ〟ってさ、このこともつくづくおいらは学びました。おいらも最初はカナちゃんの美貌にちょっとまどわされちゃったけど、恐い恐い、きれいな花には刺があるってネ。このことはおいらの父ちゃんにもよーく言っておいてあげねばとつくづく感じました。

かくして負けず嫌いで誇り高き女王様カナちゃんは、その意地と根性で見事に全快し、今もクニちゃんを従えて散歩しています。

ちなみにこのカナちゃんとクニちゃんのおとうさんは関西ではとっても有名な競艇場のオーナーさんなんだって、すごいよなー。このおとうさんがおいらのことを男前のシバ犬って言ってくれてるらしいんだ。なぜかおいらじゃなくて母ちゃんがうれしそうにテレてました。変なの。

大金持ちのワン友はまだいます。〝キクちゃん〟です。キクちゃんは十四才、人間でいうと八十才はとっくに越えてるらしいんだ。キクちゃんは黒シバです。ちっちゃくてきゃしゃで、ぶっといおいらの半分くらいしかありません。キクちゃんは〝あまのじゃく〟というものらしいです。でもおいらにはよくわかりませんでした。キクちゃんの家は〝お福さん〟の看板をかけた甘酒屋さんです。手作りのとってもおいしい甘酒を売っているんだよ。おいらの家の婆ちゃんは甘酒が大好きで、母ちゃんはキクちゃんの家に買いに行きます。キクちゃんの母ちゃんは犬がとっても好きで、キクちゃんは四代目らしいんだ。前にとっても賢くて優秀なシェパードを飼っていたんだけど、四才くらいで亡くなってしまったんだって。犬の社会にしてもちょっと早死だとおいらは思います。良い子すぎると早死するようです。おいらは今のままでいいと思いました。キクちゃんの家では代々の犬のお墓があるらしいです。おいらの母ちゃんがお墓のことを一生けん命聞いていたけど、おいらのお墓かなー。おいらのお墓の心配をする前に母ちゃんは自分のお墓の心配をしておく方がいいのにとおいらは心の中で思っています。

キクちゃんの母ちゃんをしばらく見かけないことが続き、おいらの母ちゃんが気にしていたら、その時キクちゃんの母ちゃんは手首を骨折してしまって散歩に出られなかったということでした。キクちゃんのチェーンがちょっとひっかかったらしいんだけど、気を付けてくださいネ。おいらキクちゃんの母ちゃん大好きなんだ。キクちゃんはおいらが近づくとすぐ「ウーッ」って鼻にシワよせて怒るんだゼ。おいらみたいな元気良すぎる男の子はうるさいらしいんだ。でもキクちゃんの母ちゃんはおいらのことを「ごん太君は本当に均整のとれた体でかっこいいワァー、顔もキリッとしてハンサムやしネ」ってほめてくれるんだよ。ちょっとテレくさいけどうれしいです。おいらの厳しくて恐い母ちゃんと違ってこんなやさしい母ちゃんに、キクちゃんは反抗するらしい。キクちゃんの母ちゃんがそろそろ家に帰ろうとすると、キクちゃんは反対の方向を向いていて動かないんだってサ。家と違う方へトコトコ行くらしい。

「そうかァー、こういうのをあまのじゃくって言うんだー」っておいらはわかりました。キクちゃんの母ちゃんとキクちゃんはどこかとってもよく似ていて、散歩している姿は本当に親子なんだナってつくづく感じられて、おいらはほほえましくなるのです。キクちゃんも頑張って長生きしてほしいナと思いました。おいらの家の婆ちゃんのようにネ。

次においらの母ちゃんに先輩としていろいろ教えてくれたのは、やはりシバ犬の〝ラクちゃん〟のお母さんでした。この辺の犬のことは、名前も含めて犬種、性格、すべて把握していて、おいらの母ちゃんにアドバイスしてくれました。話を聞いていてラクちゃんのお母さんは頭のいい人なんだと思い、おいらは母ちゃんの顔と見くらべていました。

ラクちゃんは家の中で飼われているんだって。それを聞いておいらの母ちゃんは思わずおいらの顔を見てからラクちゃんを見て感心していました。母ちゃんとおいら、どっちもどっちで引き分けといったところでしょうか。でもそのためにラクちゃんを過保護にしてしまったと後悔しているんだってラクちゃんのお母さんは言っていました。〝箱入り息子〟っていうらしいです。ラクちゃんは家族の人たちみんなにかわいがられているのが、おいらから見てもわかります。朝晩ちゃんと毛も整えてもらっているのでしょう、とっても毛並みがきれいです。それにひきかえおいらなんか、換毛期以外はごくたまにしか毛の手入れはしてもらっていません。それなのによくいろんな人から「きれいなワンちゃんネー」って言われるのが不思議な気がします。そんな時おいらの母ちゃんは自分の手抜きを棚の上の方にあげてしまって、単純に喜んでいます。まったく勝手なんだから。

そんな〝箱入りラクちゃん〟にも事件が起こったのです。ご近所でも問題犬と言われている評判のワンちゃんに、太モモのあたりを噛まれたのです。ラクちゃんのお母さんも噛まれて九針も足を縫ったということです。おいらの母ちゃんもそのすごい傷跡を見せてもらっていましたが、とっても痛そうでした。これは本当に問題だと思います。おいらの母ちゃんは家に帰って父ちゃんに興奮してしゃべっていました。母ちゃんじゃなくたっておいらでも思います。話によるとそのワンちゃんはちゃんと〝躾〟をされていないということでした。おいらたちは飼い主さんがちゃんと躾をしてくれないとどうしていいのかわかりません。ボスがちゃんと命令をしてくれないと困ってしまうのです。人間と違って理性とか抑制がきかなくて、本能がとっても強いからです。そこを飼い主さんはきちんと厳しく教えてほしいのです。ラクちゃんが噛まれた話を聞いた時、おいらも今よりもっと小さい頃、家の庭で遊んで走り回っていた時、近所のユースケという犬に噛まれたことを思い出しました。ちょっとしたハプニングでそうなったのですが、おいらは大人になった今、ユースケにはケンカでは負けないと思っています。でもおいらは絶対噛みません。だけど腹が立つので顔を見ると思いっきり吠えて仕返しをします。もちろんその後父ちゃんにも母ちゃんにもこっぴどく叱られますが、ただではおいらの気がすまないのです。おいらの負けず嫌いは父ちゃんと母ちゃんの両方に似ていると思っています。

　また話がそれてしまいました。戻しましょう。ラクちゃんにはとってもかっこいい人間の兄貴が三人もいます。そしてかっこいい兄貴と散歩している時、ラクちゃんはとてもうれしそうです。鼻高々です。おいらにはうらやましい光景です。そんなおいらにラクちゃんのお母さんが、おいらと母ちゃんの元気の良い散歩の姿を見て〝又木《またぎ》のごん太左エ門〟という名前をつけてくれました。おいらには野山をかけめぐる又木の名前がピッタリだと思い、自分でも気に入っています。おいらには又木のような野性の本能が、とっても強く残っている気がするからです。そう言われて思い出しました。おいらたちシバ犬は、昔イノシシ狩りに使われていたそうです。もし今そんなことがあればおいらはきっとリーダーになって大活躍していたことでしょう。今おいらが住んでいるニュータウンでは、そんなおいらの本領が発揮できなくて本当に残念です。

　でもこの辺には自然の雑木林がまだまだ残っています。そして父ちゃんと母ちゃんがちょっと車に乗せて連れていってくれるところに有名な平城山《ならやま》があります。半分はまだ原生林に近いようなうっそうとした雑木林で、道もほとんど獣道みたいな道しかありません。

だからおいらはここでは野性に帰って探検家になるのです。道は平坦な道ばかりではなく、足の短い母ちゃんは木の枝につかまったり飛び下りたり。おいらは父ちゃんと母ちゃんのナビゲーターです。どんな時でも周りの警戒を決して怠りません。でも木漏れ陽の中でおいらはもううれしくて鼻歌まじりです。母ちゃんもすぐ野性に帰ります。大好きな蔓《つる》を見つけると、背中のリュックからサッとハサミをとり出して、もう夢中で採るのです。おいらは母ちゃんが女ターザンになってしまったかと思いました。蔓にぶらさがって一生けん命です。そんな母ちゃんを父ちゃんはあきれ顔で、「やっぱおっさんやナ」って言って見ています。低い鼻と飛び出した広いおでこにいっぱい汗をかいて、一生けん命に蔓採りをする母ちゃんを、おいらはじーっと待っていてあげます。「採れた採れた」と母ちゃんの本当にうれしそうな顔。人間はこういう時には大人でも素直な子供みたいになるんだということを知りました。

この平城山の入り口近くに母ちゃんの尊敬している亜矢子先生の家があります。亜矢子先生は母ちゃんのパッチワークの先生です。そしていろんなことを教えてくださる人生の先生でもあるらしいのです。この亜矢子先生の家に秋田犬とシバ犬のミックスの〝蘭ちゃん〟がいます。母ちゃんは亜矢子先生の家にパッチワークに行くのではなくて、蘭ちゃんに会いに行くのだと言っています。蘭ちゃんはおいらのワン友というより母ちゃんの第二の子供という方があたっているでしょう。

蘭ちゃんておいらには歯むいて鼻むいてすごい顔するんだぜ。ところが母ちゃんには態度が全然違うんだよ。母ちゃんはフードでワンちゃんを手なずけるのは嫌いで、ただかわいがってあげてるだけだというのですが、その喜び方には本当にみんながビックリしてしまいます。シッポをグルグル回転させるらしいんだけど、そんな技おいらにはできません。母ちゃんにピタッとはりついて、そりゃあもう声も仕草ももう何とも言えないくらいかわいいんだって。もう母ちゃんは蘭ちゃんと会って来た日はおいらなんて目じゃないんだよ。父ちゃんもこのことを知っているので、二人でおいらそっちのけにしてしゃべっています。

亜矢子先生は蘭ちゃんをあまりしつけしていないらしいです。それなのに蘭ちゃんは人間の言うことをとってもよく理解するんだって母ちゃんが言ってました。犬は飼い主に似てくるって言われるけど、おいらの周りのワン友達にもみなそれぞれうなずけるところがあります。蘭ちゃんのお父さんは中学校の校長先生なのです。亜矢子先生も先生でした。今も母ちゃんたちの先生です。蘭ちゃんのかっこいい兄貴も先生です。先生一家の蘭ちゃんは何もしつけられなくても賢いのだということがわかりました。じゃあおいらが賢くなくてもおいらのせいじゃないんだ。そう思ったらちょっとホッとしました。

亜矢子先生の家の蘭ちゃんを含めると、おいらのワン友の中に〝ランちゃん〟は四匹もいます。ヨークシャーの〝ランちゃん〟とシバ犬の〝らんちゃん〟、それとパグの〝ランちゃん〟に亜矢子先生の家の〝蘭ちゃん〟です。それぞれ犬種が違うのに女の子に〝ランちゃん〟が多いのは呼びやすいからなんでしょうか。でもそれぞれが美人でかわいいのは不思議です。

ヨークシャーのランちゃんは、おいらを見つけると向こうの方からお母さんにリードを外してもらって一目散においらめがけて走ってくるのです。その姿は本当にかわいいんだから。でもランちゃんはおいらを通りこしておいらの母ちゃんのところに行くのです。もう!!　ヨークシャーのランちゃんのお母さんとおいらの母ちゃんは話が合うみたいで、いろんなことを話しています。ランちゃんのお母さんはとっても感心なんだよ。ボランティア活動をしているんだって言ってました。障害を持つ人の家にお手伝いに行ってるそうです。誰でもそういう気持ちは持っていても、なかなか行動には移せないものだって、おいらの母ちゃんもその話を聞いて本当に感心していました。

人間の頭の中には〝やる気〟っていう不思議な〝気〟があるらしい。この〝気〟がひとたび頭の中に出てくると、それが体中をかけめぐって体が動くようになっているらしいのです。どう考えてもおいらたち犬にはないのでわかりませんが、おいらも母ちゃんを見ていてよくわかります。おいらの母ちゃんもこの〝気〟をいっぱい持っていると思います。おいらたちも野性の中で生きていたら、持っていたのかもしれないなと思いました。

シバ犬の〝らんちゃん〟は、やはりシバ犬の〝テツ君〟と夫婦です。夏になると暑いので、母ちゃんはおいらの散歩を早朝にかえます。二人（ン？　二匹かナ）とはその時に会えます。らんちゃんたちのお父さんは建設業をしているそうで、仕事に行く前にらんちゃんたちを散歩させるんだって言ってました。だから朝早いんだネ。とっても大きなおとうさんで、頼もしそうです。らんちゃんもテツ君もおいらみたいにはね回ったりしないで、とっても静かに散歩しています。

らんちゃんはおいらに鼻をくっつけて、朝のおはようをしてくれるんだ。テツ君には「ウーッ」って追い返されてしまうんだけどネ。でもテツ君はお父さんに叱られてます。

らんちゃんたちのでっかいお父さんは、おいらにもジャーキーを一つくれます。でもおいらは母ちゃんの合図があるまで食べません。でっかいお父さんはおいらをほめてくれます。でもこんなにでっかくて頼もしいらんちゃんたちのお父さんも、別の問題犬に噛まれました。早朝だと散歩の人も少ないからと勝手な飼い主さんがいて、二匹のうち一匹をリードなしで散歩させていたのでした。それでらんちゃんが噛まれたので、でっかいお父さんが引き離そうとしたら今度はお父さんのズボンに噛みついたんだそうです。ズボンを破かれたと言って話してくれました。そしたらその話を聞いている最中に、向こうの角を曲がってその問題犬がやってきたのです。

らんちゃんのお父さんは「大丈夫、大丈夫」って言ってくれましたが、おいらの母ちゃんは逃げるが勝ちとばかりスタコラサッサと一目散に引き返しました。途中でちょっと太めの棒を拾って、何かあった時はと用意してました。おいらは母ちゃんを守ってあげるつもりなのに、母ちゃんは番犬のおいらを守ってくれるつもりなのです。こんな向こうっ気の強い母ちゃんですから、おいらはまだまだ母ちゃんを飛びこしてナンバーツーにはなれそうもありません。でもいいんだ。

この問題犬には、〝サブちゃん〟というかわいいシーズーもしっぽを噛まれ、サブちゃんのお母さんは顔を引っかかれたそうです。この飼い主さんの態度も問題です。自分の犬のこういう行動に対して「遊んでいるんや」って言ったんだそうです。サブちゃんのお母さんはカンカンになって怒っていました。話を聞いたおいらの父ちゃんと母ちゃんもやっぱりカンカンになって怒りました。こういう飼い主さんがいるからおいらたちがただの駄犬になってしまうのです。

この問題犬だってきっと人間や他のワンちゃんとの遊び方を教えてもらってないからこ

ういうことになるんだとおいらは思います。おいらも小さい頃から父ちゃんや母ちゃんを大分困らせながらいろいろ学んできました。父ちゃんも母ちゃんも辛抱強く毎日毎日同じことをくり返しくり返し教えてくれました。それがほとんど習慣のようになってきた今でも、毎日毎日がくり返しです。おいら今でもたまには反抗したりすねたりしてやるのですが、なんてことはありません。無視されるのです。この〝無視〟がおいらにはとてもこたえます。おいらは父ちゃんや母ちゃんにはまだまだかないません。修業が足らないなとつくづく感じます。

そうそう、問題犬がもう一匹いました。これはおいらのワン友ではありません。白と黒で耳の垂れたコッカスパニエルという犬種の洋犬で、多分羊を追うのが得意な奴だと思います。ガキっぽい兄ちゃんかおっさんが連れて散歩しているのですが、最初頭にきたのは父ちゃんでした。そのガキっぽい兄ちゃんが連れている時、父ちゃんとおいらは後ろからちょっと離れて散歩していました。そいつは父ちゃんとおいらがいつも曲る陸橋の下で立ち止まって何かしている風でした。どうしたのかなと思って歩いていって見て、父ちゃんはもうビックリするやら腹が立つやら。なんと歩道のど真ん中に山のようにウンチがどっさり。思わず踏みそうになったって父ちゃんカンカンでした。

次は母ちゃんとおいらが散歩の時。夕暮れでボンヤリとしか見えないくらいの頃、坂の上の方からリードなしで猛スピードで走ってきて、おいらの目の前で急停止してワンワンって吠えやがってさ、そして一目散に逃げていくんだぜ。そりゃあもうビックリしたのなんのって。おいらも負けずにすかさず吠え返してやったんだけど、不意打ちは卑怯者のすることだ。それに向こうはリードなしだから自由に動きがとれるしネ。さー、母ちゃんも頭にきました。父ちゃんにぼやくことぼやくこと。ここで二人の意見はまたまた一致しました。

その次はまた父ちゃんの番でした。例の白黒犬がおっさんと散歩の時、おいらはまた後ろから父ちゃんと散歩していました。公園のグランドに着いたらなんとそのおっさんは白黒犬のリードを外したのです。後ろから父ちゃんとおいらが歩いてるっていうのにさ、知っていながらだぜ。奴はまたおいらめがけて一目散に走ってきました。おいらも父ちゃんと待ち構えていました。奴もおいらも負けじと吠え合いです。おいらもリードなしだったらこいつなんかには絶対負けません。さあー、おいらの父ちゃんが怒ったのは言うまでもありません。でもおいらの父ちゃんはむやみに怒ったのではなく、ちゃんと話の筋を通して怒ったのです。「このグランドはあんたの家の庭じゃないでしょう。それにこちらが散歩しているのがわかっていながら放すなんてどういうことですか。これでその犬がこちらを噛みでもしたらただじゃおかないぞ」ってネ。おいらも「そうだそうだ、父ちゃんの言う通りだ」って一緒に叫びました。

またもう一回も父ちゃんとおいらの時でした。今度はガキっぽい兄ちゃんが連れている時、やっぱり同じような目に遭ったのです。父ちゃんは「オイこら待てっ、謝まりもしないで黙って行くなんてどういうことだ」ってネ。親も親なら子も子だし、犬も犬だよ。まったくもう、何でこういう自分勝手なのが多いんだろうって、人間じゃなくてもおいらの犬の頭で考えてもつくづく思いました。そんなことがあってから、その白黒犬はいつ会ってもちゃんとリードをつけて散歩しています。奴が吠えるとおっさんが怒っていました。

ちょっと散歩のさせ方に進歩が見られたような気がして、おいらもうれしくなりました。おいらだって奴に吠えかかるとすぐさまこっぴどく叱られて、落ち着くまでしばらくお座りしてじっと待てをさせられるんだよ。父ちゃんなんかおいらをひっくり返して喉責めにするんだぜ。でもおいらは本能的なものが強く、不意打ちされたこの記憶が頭の中にしっかりインプットされていて、考えるより先に吠えるという行動を起こしてしまって父ちゃんと母ちゃんを困らせています。

でもこんな問題犬ばっかりではなく、おいらのワン友の中にもとってもおりこうさんもいます。ゴールデンレトリバーの〝コウタ君〟です。コウタ君は小さい頃からトレーナーの先生にトレーニングを受けていました。コウタ君の家もおいらの家と同じで、とってもかわいがってくれるんだけど躾にはとっても厳しく、特にコウタ君のような大型犬になると躾をしなかったらとっても大変らしいのです。体は人間くらい大きいし、おまけに体重もあるから力もとっても強く、人間が引っぱられてケガをしたり、骨折をしてしまう人もいるんだってさ。コウタ君の家では今までずーっとワンちゃんやネコちゃんとの生活をしてきていて、動物のことは本当にいろんな面でよく知っています。おいらの母ちゃんも教えてもらうことばかりでした。

〝コウタ君〟は本当にいろんなことができるんだよ。基本である〝お座り〟〝待て〟〝伏せ〟から始まって、〝リードなしでのボール拾い〟〝来い〟の合図ではすぐに飼い主さんのところに戻る。もちろんリードなしでだよ。そしていろいろなワンちゃんたちと仲良く遊ぶことができる。そういう時にも絶対吠えないんだよ。おいらもシバ犬にしたらいろんなワンちゃんたちと仲良く遊べる方だと思うんだけど、おいらよりでっかい奴だと必ず吠えて相手の出方を見てしまいます。だって恐いんだもの。シバ犬って気が強いから恐いってよく言われるんだけど、おいらから言わせると〝シャイ〟なんだよ。見かけによらずネ。それと何と言ってもおいらがコウタ君に感心するのは、トレーニングの最中にすぐ横を違うワンちゃんが通っても、知らん顔してトレーニングに集中できるっていうこと。おいらなんかだったらすぐそっちの方に気をとられて走り出すと思います。トレーナーの先生の「よしっ」という合図があるまで集中していろんなことができるというのは、本当にすごいとしか言いようがありません。そしてもっと面白いのはこのマルチ犬コウタ君の特技なのです。何と〝じっぽふり大会〟というのがあり、これはずーっとしっぽをふり続けるという競技らしいのですが、これに何回も優勝しているのです。このコウタ君はおいらの家の五倍くらいはある広い家の中を自由に走り回り、夜寝る時はお姉ちゃんと一緒に寝るんだって。おいらは本当にうらやましいなーと心から思いました。だってコウタ君の家のお姉ちゃんてすごーい美人なんだぜ。おいらもこの美人のお姉ちゃんは大好きで、向こうに見えると走っていって思わずすり寄ってしまいます。美人のお姉ちゃんはおいらに顔をなめられても平気だし、「ごんちゃん、ごんちゃん」っておいらのこともかわいがってくれるんだよ。うれしいよな。

余談ですが、やっぱりおいらって美人に弱いのかな。そしてブイブイ言わせているおっさんのようなおばさんは嫌いです。だって勢いがよすぎて恐いんだもの。だから母ちゃんの仲良しのワンちゃん仲間の間では、おいらに吠えられなかったら〝若い〟ということになるらしいんだ。何だか妙な具合になってきました。話を戻しましょう。

このコウタ君がきっかけで何とおいらも〝ワン塾〟なるものに行くことになったのです。でもこれにはわけがあります。そのわけをお話ししましょう。今までおいらの家では父ちゃんと母ちゃんが旅行なんかで家を留守にする時は、おいらはいつもペットショップのホテルに預けられていました。ホテルと言えば聞こえは良いのですが、人間のそれとは違って所詮は狭いケージの中です。それにいろんなペットの臭いと鳴き声。うるさいのなんのって夜もぐっすり眠れません。そしてそれより何よりおいらが一番まいったのは、散歩時間が本当に短いうえに、知らない臭いのいっぱいする場所でおしっこやウンチなんかなかなかできないっていうこと。このことに父ちゃんも母ちゃんもなかなか気付かず、まーおいらががまんできるギリギリのところでいつも帰ってくるので大したことにはならなかったのですが……。でもペットショップのホテルから帰ってくる度においらが吐いたり下痢したりするので、その都度例の獣医さんのところに行くことになり、だんだん二人共わかってきたようです。この後、おいらにとって人生が変わるほどの大事件が起こるのですが、これは後ほど詳しくお話ししましょう。

そうこうしているうちに、コウタ君のトレーナーの先生の家で留守の間のお預かりをしてくれるということを聞いたのです。コウタ君のお母さんの芳子さんに紹介してもらって、トレーナーの山崎先生に会うことになりました。以前母ちゃんと近くの公園を散歩していた時に、山崎先生がよそのワンちゃんをトレーニングしているのを見たことがあります。とっても楽しそうでした。母ちゃんが話しかけていろいろ聞くと、親切に教えてくれました。

母ちゃんが電話すると、山崎先生は母ちゃんとおいらを覚えていてくれたようでした。山崎先生はシバ犬のお預かりは引き受けたことがないというのと、おいらたちのような日本犬は飼い主以外にはなかなかなつかないので難しいということでした。急にお預かりするのは無理があるので、とりあえず毎週一回、山崎先生に慣れるためのトレーニングに通うことになりました。さすが山崎先生は警察犬の養成所で指導を受けただけあって、おいらたちの扱いは非常にうまいものでした。おいらも最初はわけがわからないので警戒してたんだけど、一緒にいるうちにそんなことは忘れてしまっていました。

とにかくおいらは元気で力も強いし、シバ犬の中では最大級の大きさということで、散歩の時の引く力がとっても強くて、父ちゃんも母ちゃんも少々まいっていたようでした。その辺のおいらの扱い方のコツみたいなものを山崎先生にしっかり教えてもらい、〝魔法のチェーン〟なるものがおいらのリードの先に付けられました。おいらが力を入れて引くと、このチェーンがおいらの喉のところでしまる仕組みになっていました。知らない人が見ると首をしめつけられてかわいそうにと思うかもしれませんが、普通に首輪に付いているリングからリードを付けるよりも、おいらたちにとってても楽なんだということがわかりました。父ちゃんたちのこのチェーンの引き具合で、おいらも散歩の時のリズムがわかるようになってきました。父ちゃんも母ちゃんもこの一本のチェーンのおかげで散歩が楽にできるようになり、無駄な力を入れずにすんで大喜びです。

おいらが〝ワン塾〟に行くようになって、ここでもワン友がいっぱいできました。

最初はガールフレンドでアイリッシュセッターの〝グッキー〟です。彼女はものすごく足が速く、おいらはボール拾いではいつも負けてしまいます。なにせ洋犬は足が長いんだから、おいらの太くて短い足ではパワーはあっても追いつけません。くやしいけど……。

次に子牛ほどもあるでっかいピレネー犬の〝タマキ〟。おいらタマキも好きで、お預かりの時に一緒になるといつもタマキにくっついています。のんびりゆったりしているんだよ。あとはおとなしいゴールデンレトリバーの〝ズン子〟と〝ムーンちゃん〟。ズン子はジュン子がなまってズン子になっちゃったんだってさ。ムーンちゃんはタレ目でおとなしいんだよ。それとめちゃくちゃ元気のいい黒ラブラドールの〝ジャッキー〟。元気がいいというより落ち着かないというか、ガサガサしているというか、とにかく騒々しいことこのうえないんだよ。もちろんゴールデンレトリバーのコウタ君もおいらの大事な大事なワン友です。他にもまだまだたくさんいますが、山崎先生はその時々でいろんなワン友と遊ばせてくれます。

世の中にはペット虐待とか、散歩にも連れていってもらえず、ずーっとつながれたままのワンちゃんもいっぱいいると聞きます。おいらはよく散歩している時、よそのワンちゃんのお母さんたちから「ごんちゃんは本当に幸せやね」ということをよく言われます。今まで小さかったせいもあり、その言われている意味がよくわかりませんでした。でもこの頃になっていろいろよくわかってきました。おいらは父ちゃん、母ちゃんに本当に感謝しています。そして心の中で良い子にならなければと思うようになっています。

家のご近所にもおいらの〝ワン友達〟がいっぱいいます。それぞれに犬種も性格も、また飼い主さんの飼い方も違うワンちゃんたちが、それぞれにそれなりの幸せで平和な生活を送っているんだなと思います。母ちゃんの口ぐせじゃないけど、「あー極楽極楽」というのは言いすぎでしょうか。

お誕生日おめでとう

第三章　散歩だ!!　Go、Go!!

おいらが一日の生活の中で一番楽しいこと、それは〝散歩だ!!　Go、Go!!〟。散歩中の出来事から面白い話を二つ三つしてみましょう。

父ちゃんとの散歩は夕方が多く、薄暗くなりかけてるうえに前に話したような父ちゃんですから、おいらは少々気を遣います。何しろ大ざっぱなんだから。でも少々荒っぽいところがおいらにとっては面白いところでもあるんだよ。

父ちゃんも母ちゃんも散歩の時に必ずおいらにさせること。まず家を出る時、門の手前で〝お座り〟をして、父ちゃん母ちゃんの「よしっ!!」という合図で外に出ます。帰ってきた時も同じようにして父ちゃん母ちゃんの後から家に入るんだよ。途中での〝信号待ち〟もきちんと〝お座り〟でさせられます。ウンチやおしっこもアスファルトの路上や住宅街では絶対にさせてくれません。でも何回叱られてもおいらがどうしてもできないことがあります。それは知らないワンちゃんとすれ違う時にすぐ吠えて威嚇してしまうことです。でもこれは持って生まれた警戒心の強さでどうしようもないんだよ。

父ちゃんはテニスコートの下の高ーい土手があるところでボール投げをしてくれます。そんな時おいらはめちゃくちゃはりきってブンブン走ります。父ちゃんが投げた土手の上のボールを拾おうと一気に土手をかけ上がるつもりが、勢いあまっておいらは不覚にも土手の下の溝にはまって向こうずねを思いっきりガッツーン。「アッツ!!」。溝があることがわかったので今度は横の階段から上ろうと思い、かけ上がる時においらのこの高い鼻を階段にゴッツーン。「クソーッ!!」。そしてボールを拾って今度は一気に土手をかけ下りてきて、勢いがつきすぎているものだから下の草むらに頭からつっこみゴツン、ガツン、ドッスーン。たくもう。その一部始終を見ていた父ちゃんがどんなに笑ったかは想像がつくと思います。おまけに家に帰って母ちゃんにすぐ話し、おいらはその日の夜のビールの〝つまみ〟にされるのです。母ちゃんの豪快な笑い声が外にまで聞こえてきたのは言うまでもありません。婆ちゃんまでプッと吹き出す始末です。そんな様子を横目で見ながら「まーいっか。おいらは家庭平和に貢献しているんだ」って思い、さっきぶつけた向こうずねをなめながら自分で自分をなぐさめることにしています。

春先から初夏にかけては本当にいろいろな花が次々と咲き乱れます。桜のつぼみがふくらみ始めてからだんだんと咲いていく様子を見ながら、そして満開の桜吹雪の中を母ちゃんとゆったり散歩する気分は最高です。そんな時母ちゃんは「ごんチ、下ばかり向いて歩いてないで桜の花を見てごらん」と立ち止まっておいらに見せてくれるのです。ここまでは良いのですが……。

「気持ちいいナーッ」とおいらが見上げると、母ちゃんが歌らしきものをうなり始めているではありませんか。たしか母ちゃんは父ちゃんに、人前では絶対に歌は歌わないようにって言われているのに、おいらの前では平気でうなり出します。花どころではありません。耳の良いおいらにとって、それはたえがたいことなのです。どうすればあんな風に音程を外して歌えるのか。母ちゃんのこの不思議な音感には、ただただあきれるばかりです。それなのに母ちゃんはことのほか歌が好きなのです。母ちゃんの歌好きは、〝信州のバアちゃん〟に似ているのだと思います。聞くところによると小学校の唱歌より先に流行歌を覚えてしまうくらい、信州のバアちゃんには聞かされていたようです。八十歳になった今でも信州のバアちゃんは自分の娘であるおいらの母ちゃんたちや孫たちとカラオケでマイクを持って歌うんだそうです。おいらも拍手、拍手!!　だネッ。

話がちょっとそれてしまいました。母ちゃんは父ちゃんになんと言われようとそんなことへっちゃらなのです。公園にくちなしの花が匂うようになると、もう歩きながら母ちゃんの〝ど演歌〟が始まるのです。『今〜では指輪もま〜わるほど〜』と母ちゃんの独演会の始まりです。音程が外れていようと声が悪かろうと、そんなことはおかまいなしです。

〝歌う〟ということは人間のすばらしい才能の一つだと思います。うれしいにつけ悲しいにつけ、人間は歌を歌うという方法で自分自身をいやすことができるんだ。そんな歌の下手クソな母ちゃんが、家では母ちゃんの上をいく婆ちゃんに、今から七、八十年も前のわけのわからない歌を聞かされているのがおかしいよナ。

かあちゃんが
歌いだすとお日様は
こんな顔
桜の木もこんな顔、
もちろん
おいらもこんな顔
でもかあちゃんは
にこにこ
ウワーッこりゃ
たまらんワイ!!

独演会

ついでにつけ加えておくと、おどろくなかれあの〝ヌカーリー〟の父ちゃんが、実は歌がうまいんだってサ。低音でちょっとしたものらしい。でも残念なことにおいらはまだ聞いたことがありません。〝能ある鷹は何とやら〟ということなのでしょうか。めったに歌いません。

また、こんな散歩もあります。それは夕方の散歩の時、スーパーに立ち寄るのですが、このスーパーに行く時は人通りの多い道を歩いたり、若者がスケボーをしている広場を通り抜けたり、そしてなんといってもおいらの大好きな屋外の長〜いエスカレーターに乗れるのがとっても楽しみです。最初はちょっととまどったのですが、父ちゃんの言う通りにしてみるとうまいこと乗ることができました。この屋外のエスカレーターは、おいらが近くまで歩いていくと自然に動き出すんだよ。そしてだれもいないのに女の人の声でしゃべり出すものだから最初はビックリして思わず後ずさりしてしまいました。でも慣れると、おいらは車はもちろん、動く物が大好きだから、こんな面白い乗り物はありません。今ではうれしくて飛び乗ってしまいます。とっても上手に乗れるんだよ。それなのに後ろから乗ってくる人たちがおいらのお尻を見上げながら笑うんだよ。なんでかナ。

そしてスーパーの広場にある大きなケヤキの木においらをつないで、父ちゃんと母ちゃんはお買い物をしてくるのです。小さい頃は置いていかれると思って大騒ぎしましたが、今では静かに待つことができるようになりました。

次はおいらが不覚をとってしまったとっておきの話をしましょう。

幼なじみというか、同じ頃散歩に出始めたワン友の中に〝ロミちゃん〟という美人のシェルティーがいるのですが、このロミちゃん、ずーっと吠え続けているのです。散歩の時間中もずーっとなんだよ、なんでかナ。こんなに楽しいお散歩が嫌なのかナーっておいらは思いました。ロミちゃんのお母さんの話によると、ロミちゃんはとっても恐がりで臆病なんだって。お母さんに抱っこばっかりなんだよ。

そんなロミちゃんに本当に久しぶりに会ったのです。耳の良いおいらはその声がロミちゃんだってすぐにわかりました。大分向こうの方を吠えながらお母さんと歩いていました。おいらは立ち止まってしばらく見ていたのですが、母ちゃんに「ごんチ帰るよ」ってうながされて、ロミちゃんの方を見ながらまた歩き出しました。でもクルッと母ちゃんの方を向いたその瞬間、こともあろうに公園のでかくて太ーいコンクリートの柱に思いっきり顔というか頭というか、ぶつけてしまったのです。グワァ～ンというかかなり大きな音がしました。「アッツ!!　イッテェーッ!!」。おいらの目から火花が飛び散りました。星も出ました。瞬間頭の中が真っ白になってしまい、何が起こったのかわかりませんでした。が、次の瞬間、今度は熱さと共に顔面全体が痛いのなんのって、思わず前足でかわるがわる顔をこすりました。痛くて痛くてしばらく立ち止まって顔をこすり続けました。

一瞬あっけにとられて見ていた母ちゃんでしたが、この事態がのみこめるとお腹をかかえて笑いだし、今度は母ちゃんの笑いが止まりません。おいらのこの一連の仕草がおかしいと、家まで帰るあいだじゅう笑いころげて、おいらの顔を見てはまた笑いだし、自分でお腹の皮が痛いって言うのです。この男前のおいらの顔に傷でもついたら大変だと心配してくれるのならともかく、いったいこの笑い方はなんなんだって少々腹が立ってきました。人間だってぶつけた時はおいらと同じように手で痛いところをこするだろうにサ。

そして家に帰るなりうれしそうに父ちゃんに一部始終を話すのです。「ネエネエー、犬が物にぶつかることなんてないと思ってたのにサー、しかも真っ昼間によ。ごんチだけかしら、こんなにドンくさいの。でも夜中に庭に放した時だって真っ暗なところであれだけ走り回ってもぶつかることなんてないのに。まったく美人に弱いんだから」ってネ。そしてまた、おいらの顔を見ては思い出して笑うのです。でも父ちゃんはおいらのこと笑えないよナ。だって同じ男同士、気持ちは一緒だと思うからサ。

さあ、次はおいらにとって一世一代の大事件の話をしましょう。

第四章　一世一代おいらの大事件

父ちゃんと母ちゃんが旅行で家を留守にする時、おいらがペットショップのホテルに預けられるというのは前に話した通りです。大抵四日くらいですんだのですが、二年目の夏に、一週間お泊まりさせられたことがありました。ことのほか暑い夏でした。この頃おいらはいつも家の裏側につながれていました。南側に面していて冬は日当たり抜群なのですが、反面夏のカンカン照りの暑さといったらたとえようがありません。

一年目の時はおいらがまだ幼犬ということもあって、リードなしで家の庭に放してくれていたので、家の日陰を見つけては涼しいところに自由に移動することができました。

ところがおいらはもともと好奇心旺盛で外の世界のことが気になって仕方ありませんでした。おまけにご近所にとってもかわいらしいシバ犬のメスのサリーちゃんがきたからもうたまりません。最初はサリーちゃんの方が何回か脱走してはおいらの家の門の前にいたので、おいらの母ちゃんがサリーちゃんを抱っこして家に連れていってあげました。

記念すべきおいらの初脱走は、ひょんなことからおいらがフェンスのすき間をみつけたことからでした。外に行きたくて仕方がなかったおいらは、すき間からスルッと体がぬけた時、もう一目散に走り出しました。うれしくてたまりません。いつも母ちゃんと行く散歩道を公園めがけてダッシュです。家のことはもうすっかり忘れていました。途中でワン友のキクちゃんと会ったので、いっしょに行くことにしました。公園の入り口にさしかかった時、後ろの方でどこかで聞いたことのある声がおいらを呼んだのです。ふり返ってみると母ちゃんでした。おいらは急にうれしくなって母ちゃんめがけて走り出しました。母ちゃんはおいらがどこに行こうとしたのかわかったのでしょうか、不思議です。キクちゃんの母ちゃんもおいらの顔を覚えてくれていて、おいらがどこかへ行ってしまわないように急いで家に連れていってくれるところだったと母ちゃんに話していました。かくしておいらの初めての〝大脱走劇〟は十分ほどであっけなく幕となってしまいました。

そして二回目は、おいらが今でも大嫌いな〝カミナリ様〟が原因なのです。一体この不可解なる現象はなんなんだろうって、今でもわかりません。おいらたち犬の頭では理解できない恐ろしいとしか言いようのないこの現実の出来事には、もう逃げるしかありません。頭の中が真っ白になってしまい、知らないうちに家の庭から出てしまっていたのです。そしておいらはビショぬれになりながらサリーちゃんの家の前に立っていました。そしてサリーちゃんのお母さんと、かわいいお姉ちゃんたちがおいらを家に連れ戻してくれました。それからも外の誘惑に負けて二回ほど脱走して、父ちゃんや母ちゃんをやきもきさせてあわてさせました。でもおいらにしてみれば、大好きな父ちゃんや母ちゃんの家から家出しようなどとはこれっぽっちも考えたことはありません。ちょっと遊びに行くだけだよ、くらいのほんの軽い気持ちだったのです。

かくしておいらはしっかりとつながれることになってしまいました。でも自分のせいだから仕方ありません。話を前まで戻しましょう。こんないきさつがあって、暑い真夏も南側のカンカン照りの庭につながれるはめになってしまったのです。庭には大きなケヤキの樹や花水木の樹が植えてあり、かなりの木陰はできるのですが、地面が熱せられて上ってくる熱さによる〝暑さあたり〟みたいなものだったと思います。息もたえだえになるくらいで、もう暑くて暑くて「助けてくれーっ」って心の中で叫んでいました。母ちゃんはおいらを見ていて何とかしてあげなければと、家の周りに二カ所ほどリードをつなげるところを作ってくれたのですが、お日さまの動きと共においらを移動させなければならず、母ちゃんは家を留守にできません。この頃にはもうおいらは少し具合が悪くなり始めていたのかもしれません。

そうこうしているうちに一週間ほどのお泊まりでペットショップに預けられることになったのです。お泊まりの途中で母ちゃんは心配になって、ペットショップに電話をかけておいらの様子をたずねたようでした。が、ペットショップのお姉さんはおいらがとっても良い子にしているから心配ないという風に母ちゃんに伝えたようでした。

おいらたち日本犬はとってもがまん強く、自分の体力の限界ギリギリまでがまんしてしまうのです。全部が全部ではないかもしれませんが、よそに預けられても決して嫌がる風を見せませんし、わがままも言いません。だからおいらはいつもペットショップでは良い子の見本みたいな犬で人気者でした。

一週間目に父ちゃんと母ちゃんが迎えにきてくれました。その時おいらが特にバタバタとうれしがるわけでもなく、淡々としている風に見えたようです。父ちゃんと母ちゃんは少々気抜けしたみたいでした。でもおいらにとってはもうがまんギリギリの限界を越えてしまっていた状態だったのです。父ちゃんと母ちゃんはまだ気が付いていませんでした。そしておいらを車に乗せた時、母ちゃんが「ごんチちょっと臭くない?」って言いました。父ちゃんも「いつもシャンプーしてもらうのに今回はしてもらわなかったから他のいろんなペットの臭いがついたのかな」って。そしていつものお泊まり後の帰りのように、途中で父ちゃんとおいらは車から降りて散歩しながら帰りました。家に着くと先に戻っていた母ちゃんに父ちゃんが、「オイッ、ごんすけものすごく長いこと足あげておしっこしてたゾ、いっぱいたまってたんやナー」って話してました。夜もおいらが静かにしていたので父ちゃんも母ちゃんも「臭いのが気になるけど」って言いながらも安心したようでした。

次の日の朝の散歩の時、母ちゃんも最初はあまり気にもとめず、「ごんち長いことおしっこするネ。そんなにたまっていたの、かわいそうに」ってな具合でした。おいらの体の異変に気付いたのは、散歩も終わり頃になってからでした。おいらが長いこと足をあげているのを、おしっこがたまっていたからだと思っていたから、まさかおしっこが全然出ていないなんて考えてもみなかったようです。でも気が付きました。おいらを急いで連れて帰り、そして家の庭につないだ時、おいらは庭に〝血尿〟をどっとしたのです。自分自身でも何がどうなったのかわかるはずもありません。ただ今まで感じたことのない、言いようのない不快感でいっぱいでした。

父ちゃんもビックリです。「ゆうべは暗くてよく見えなかったけど、そう言われてみると、長いおしっこの割には全然音してなかったよな」って母ちゃんに言ってました。母ちゃんは獣医さんに電話してすぐにおいらを連れていきました。獣医さんは「詳しいことは尿の検査をしてみないとわかりませんが、多分膀胱炎にかかっているのではないかと思われます」と言いました。そして点滴二本と飲み薬、尿検査用の注射器状の容器をもらって帰ってきました。父ちゃんと母ちゃんはもうビックリ。おいらたちは人間とは違って病気になったら保険がきかないので、この治療費の高いのに二人共またまたビックリ、そしてガックリ。だって父ちゃんはけっこうヤマ師のようなところがあって、〝株〟で大儲けしてやろうなどと企んで結局は大損してしまい、今我が家はとっても貧乏なんだって。でも母ちゃんもちゃんとやりくりしてくれて、不思議においらのお医者代はどこからか出てくるのです。多分それから一週間くらい、みんなのおかずが減っていたんじゃないかと思います。本当に不思議です。でもありがたいなと心から感謝しています。

次の日からおしっこの採取に二人がかりです。もともと本能的に音に対しては時として過敏なほどの反応を示すおいらは、アルミの容器に落ちる自分のおしっこの音にびっくりして飛び上がる始末です。過敏になっているおいらに気付かれないように、二人はおしっこを採取して獣医さんに持っていきました。

そして検査の結果、おいらの病名は〝尿道結石〟なるものと、やはり〝膀胱炎〟にもかかっていました。人間のかかる病気そのものです。あと三日遅れていたら死んでしまったかもしれないということでした。おいらは体格も良いし、体力もあったからもっていたのでしょうということでした。「オー恐ッ」、おいら死にかけたんだ。

そしてこの治療というのが犬のおいらにとっては悲惨このうえないものでした。基本的には水分を多くとり、尿道にある結石を排泄するということなのですが、おいらたち犬にとっては必要以上の水を飲むなどという行為は脳ミソにインプットされていないわけですから、極端にいうと塩分の多い食べ物を食べさせられ、水をガブ飲みさせられるということになるわけです。いわゆる食事療法というやつです。聞こえはよいのですがこの食事、缶詰になっていて匂いは食欲をそそる匂いなのですが、フニャフニャとして人間の食べるようなプリン状になっており、一日に食べる量も体重によって決められているのです。今まで大食漢で、食事だけはタラフク食べさせてもらっていたおいらにとって、生まれて初めての辛く苦しい体験でした。いっきに今までの食事の半分以下の量になってしまったのですから、その空腹感たるやものすごいものでした。そして獣医さんの話によると、この病気にかかる犬は体質的なものが多いので、一生この食事になるかもしれないという、おいらにとってはこのうえなく恐ろしいものでした。そして「この食事療法は飼い主さんが心を鬼にしてしっかりやらないと治りませんよ。この治療をしている時はいくらお腹がすいて吠えても他の物を一切食べさせてはいけません。他の食べ物を一回でも与えてしまうとまったく効果はなくなってしまいます」という厳しいお達し付きでした。

でもこんな気が狂いそうなほどの飢餓状態は四日が限界でした。五日目の朝、おいらはもうわけもなく腹が立って仕方ありませんでした。いつになく本当に生まれて初めてあんな声で吠えました。吠えたというよりお腹の底から叫んだのです。「クソーッ」っていう叫びでした。父ちゃんも母ちゃんもおいらの苦しみはわかってくれているのですが、どうしようもありませんでした。

幸いにも次の検査の時には結石がなくなっていました。でも獣医さんはこの食事療法の継続をすすめたのです。ここで普通食に戻してしまうと、また結石になるかもしれないということでした。でも父ちゃんは、おいらはもともと元気な犬だからストレスがなくなれば治ると信じていました。だから父ちゃんは獣医さんの言葉を押し切ってきっぱりと「いえ、普通食に戻します。今のような状態で長生きさせてもかえってかわいそうですから。それでもし寿命が短くなったとしてもそれがこの子の運命なのだと思います」ってネ。おいら本当にうれしかったよ。やっぱりさすがおいらの父ちゃんだ。そして父ちゃんの思った通り、おいらは回復していきました。

そしてこの病気が回復した時に、父ちゃんと母ちゃんはずーっと悩んでいたおいらの〝去勢〟の手術をすることに決めたのです。やはりおいらたち犬が人間と共存していくためにはそれが必要だと思うし、そして何よりおいらにとってもその方が楽に生きていけるだろうという考えからでした。

しかしおいらにとっては去勢そのものの意味合いがわかるはずもなく、ただ一晩のお泊まりの後、何となくフラフラとするおいらの首にはど派手なブルーの〝エリザベス・カラー〟なるものが付けられていました。「たくもう何でだよーっ、この首についているじゃまっけな奴は何者なんだよーっ」って心の中では大声で叫んでいました。が、しょせん聞こえるはずはありません。でも父ちゃんと母ちゃんにしてみれば、おいらが傷口をなめるから、治るまではなんと叫ぼうと反抗しようとさせ続ける気持ちでいたようです。おいらにとっては、〝一難去ってまた一難〟の心境でした。でも、もう覚悟を決めました。「なるようになれ」って思いました。父ちゃんと母ちゃんは徹底的に治るまで、普通のワンちゃんだったら一週間でも長いくらいだというのに、おいらはなんと十日間もさせられました。これは本当にじゃまなことこのうえないもので、視界も前しか見えず物音がすれば見えない分おいらはおどろいて飛び上がる始末でした。おまけに食事の時も食器に当たってひっかかるし、わけがわからない分イライラし通しで十日間を過ごしました。

この夏に起こった一カ月間くらいの一連の出来事の間に、おいらはすっかり人間不信に陥ってしまいました。もう心身共に疲れ果ててしまった感じでした。〝エリザベス・カラー〟が外れた後もいつまでも何かにいらついていたり、散歩で他のワンちゃんたちに会った時も吠えてしまったりで、仲良しのワン友達もビックリです。みんな「ごんちゃんどうしたのー？」って母ちゃんに聞いてきました。その度に母ちゃんはおいらに起こったこの一連の大事件を説明していました。他人（ン？　他犬かナ）のことだと思ってよくしゃべるよなまったく、って思うくらい詳しく説明していました。でも父ちゃんも母ちゃんもおいらの辛かった体験をよくわかってくれていて、本当に今まで以上にかわいがってくれました。

おいらもまた、時間が経つにつれて少しずつ忘れていきました。人間不信も少しずつ治っていきました。それからの父ちゃんと母ちゃんは今まで以上においらの健康管理に気を配り、特に暑さに弱いおいらを気遣って表側の涼しい玄関横につなぐようにしてくれました。でもこちらは結構よく人通りが見えて、おいらは何となく番犬の仕事が増えた気がしないでもないいんだけどネ。

去勢の効果は徐々に出てきました。でもはっきりわかるのはやはり一年くらい後との獣医さんの話でした。これが、生まれて初めて死にそうになるくらいまでを体験したおいらの〝一世一代の大事件〟のすべてです。

このことにより父ちゃんも母ちゃんも、おいらたちが人間とまったく同じ病気にかかるということを知りました。人間と同じ食事をしているワンちゃんたちの中には、肥満、糖尿病、腎臓病、ガン、心不全等々、病気持ちのワンちゃんも結構いて、おいらの気が狂いそうになった例の食事療法をしているワンちゃんもいっぱいいるらしい。特に室内犬の場合は、飼い主さんが自分の食事の時におねだりされると負けてしまって、ついついあげてしまうということになるらしい。それとお年寄りのいる家は特にこの傾向が強いようです。それはおいらの家も婆ちゃんで経験ずみだからよくわかります。でもおいらの家では父ちゃんと母ちゃんは特にこの食事の件に関してはまたまた意見が一致して、決まったフード以外には何もなしです。しかも一日一回、本当に徹底しています。去勢の手術をしたワンちゃんは食欲が異常に強くなるらしいのです。だから太りやすくなるんだってさ。でもオスの場合は前立腺ガンになりにくく、長生きできるんだって獣医さんが言ってました。

おいらもこれを機会にフードをライトに切り替えられました。でもおいらには特に味の変化はわかりません。とにかく一日一回のこの食事がどんなにうれしいことか、わかってもらえますか。おいらは本当に食器まで食べるのでは、というくらいペロリときれいにいただくのです。ぜいたくは一切なしです。そのかわりこのフードは結構良質な総合栄養食らしいんだ。

かくしておいらのこの一件により、我が家の全員が改めて自分の健康ということを考え直す良い機会になったようです。

暑中見舞い

第五章　おいらの母ちゃんと婆ちゃん

さあ皆さんお待たせしました。おいらがいつも見たり聞いたりしている母ちゃんと婆ちゃんのことについてお話ししましょう。いわゆる世間でよく言われている例の〝嫁と姑〟というやつです。この関係というのは永遠になくならないものらしいし、いつの時代もトラブルの種はつきないという不思議なものらしい。おいらは庭のハウスからいつもこれらの出来事をしっかりと高見の見物させてもらっています。

トラブルの原因は、基本的には母ちゃんと婆ちゃんは正反対の性格と考え方をもっているということなのだと思います。おまけに育った時代も環境もまったく違うあかの他人同士が同じ屋根の下に住むということ自体、犬のおいらにとっては理解しがたいことです。考えただけでも無理だよ。

動物社会でも家族単位で生活するのは親が子供を育てる間だけで、いずれはみんな一人で生きていくことになり、死をむかえる時も一人なんだよ。人間て脳ミソが発達しすぎてるからいろいろ考えすぎて、そしてあげくにはいろんな〝じがらみ〟がきれなくてややこしいんだと思います。

そんな母ちゃんと婆ちゃんにも唯一ちょっぴり似ている部分があるとすれば、生来ののんきな部分を二人共どこかしらに持っているということだろうと思います。

母ちゃんも婆ちゃんも、おいらがこの家にくるちょっと前までは働いていたといいます。毎日のごくささいなトラブルは数限りなくあったでしょうが、お互い外へ出てしまえば顔を合わせない分忘れてしまっているわけですから、本格的に問題となってきたのはやはり二人共勤めをやめて四六時中顔をつき合わせるようになってからみたいです。

同じ家に主婦は二人いらないというのが母ちゃんの考え方です。ここに転居してきて買い物もお医者に行くのも車を使わないといけなくなり、極端に婆ちゃんの行動範囲がせばまってしまうことになりました。でも何といっても婆ちゃんの年令もあって、食事の準備等ほとんどの家事が母ちゃんの仕事となったわけです。それでも頑張り屋の婆ちゃんはなるべく母ちゃんの手をわずらわせないようにと、往復二時間近くもかけて自分で歩いてお医者さんに行ったりしていました。でも一年一年と経つうちに、だんだん頑張りがきかなくなってきました。でも今まで自分でしてきたという意識は今でもなかなか強く、他人にまかせたり、また母ちゃんにすべてをまかせるということもできなかったようです。父ちゃんも母ちゃんも、今まで婆ちゃんがしてきた仕事を全部とってしまうのではなく、自分の身の回りのこと、洗濯も含めて、それはすべて自分ですることという風にはしているようです。年令にすれば丈夫な婆ちゃんに何かをさせることで気持ちの張りを持たせたいと考えているらしいのです。

もともと仕事と家事に明け暮れ、趣味を作る暇もなかった婆ちゃんは、今や好きな読書も目が悪くなってきてもう一つスムーズに読めないし、掃除は掃除機が重いし、おまけに目が悪いからきれいにできないしで、いろいろ悩んでいたらしい。足も変形性膝関節症とかいうやつで大きくO型に曲がっているんだよ。あんなに曲がっていても歩けるのは不思議です。感心してしまいます。おいら散歩の時、向こうから婆ちゃんのように杖をついてちょっと足の曲がったお年寄りがヨタヨタと歩いてくるのを見ると思わず立ち止まってしまいます。いつも母ちゃんに「ごんチの婆ちゃんはお家にいるでしょう」って言われて歩き出す始末です。じーっと横を通りすぎるのを見ていてあげます。年を取るって自然のことなんだけど、大変なことなんだなっておいらなりに考えさせられてしまいます。骨董的存在である我が家の婆ちゃんは明治生まれですから、明治、大正、昭和、平成の四つの時代を生き抜いてきているわけです。明治時代の女性の生き方というのは男尊女卑の考え方が根強く残っていて忍耐を強いられることが多く、自分の意見をはっきり言うなんてとんでもないことだったらしいです。だから婆ちゃんは今でも何か言う時には必ず「そうらしい」という言い方をします。要するに自分の意見ではなく、責任がないことになるんだな、とおいらは思います。

それに対して母ちゃんはきっぱりしています。自分はこう考える、こう思うということをはっきり言います。だから母ちゃんは自分が責任を持てないことは言わないんだって。

できないことがわかっているのに、それらしく格好つけて言い訳がましく言われるのが母ちゃんは一番嫌いなようです。「だったら黙ってろってんだ」ってね。

母ちゃんと婆ちゃんの日常的な衝突の例は、例えば母ちゃんが掃除をしている時、婆ちゃんは自分の部屋をしてもらうのが嫌らしい。そんな時に言うのは「私が足さえ悪くなかったら自分でするのに」って足のせいになるんだよ。母ちゃんは婆ちゃんにしてもらおうなんて考えてもいないし、ごく普通に当たり前にしているんだから「ありがとう」って一言を言えばすむことだとおいらは思います。母の日のプレゼントをすれば「こんなことせんでもええのに」ってポンとほうり投げたりとか。父ちゃんに言わすと、自分の子供たちにはこんなことしてもらったことがないので、どう表現していいかわからないんだからしようがないんだって。でもネ、わからなくても人に何かしてもらったらとりあえず「ありがとう」だろう、婆ちゃん。おいらだってそのくらいわかるよ。やっぱり言わなきゃわからないんだよ。そんなのは人間としての常識だよ。母ちゃんは親子でも夫婦でも礼儀はあると思うし、それを言うことによりむしろお互いの心の絆が深まるものだとはっきり言うんだよ。同じ屋根の下に長年一緒にいると、日常のこんな小さな挨拶や礼儀すらなれあいになってしまうんだね。こういうことがそもそもの問題を起こすきっかけをつくってしまうことも非常に多いと思います。その点ではおいらは母ちゃんにまったく同感です。だからおいらも散歩に連れていってもらう時には思いっきりしっぽをふるし、食事の後には父ちゃんや母ちゃんの顔をペロペロなめて感謝の気持ちを表すんだよ。

こんなことは日常茶飯事、いくらでもあります。そういえばこんなこともあったんだよ。この一戸建てにくる前に、近くの分譲マンションに住んでいた時のこと。この分譲マンションはバブルがはじける前に建てられた物件で、不動産としてもかなり良い物件らしいけど値段も高いものだったらしい。おいらの父ちゃんと母ちゃんにしてみればかなり無理したんだろうなって思います。この何百戸もあるマンションの理事長に、父ちゃんはなってしまったのです。バブルの後遺症でまだ完売していないうえに、次期工事等も控え、さまざまな問題をかかえており、売り主との折衝も何回となく行われていました。クジ運の悪い父ちゃんはよりにもよってそんな大変な時に大役に当たってしまったのです。

自分の仕事以上にややこしいことをしないといけないわけですから、ニコニコなんてしてられないのです。父ちゃんの機嫌が悪いと、例によって婆ちゃんのできもしない言い訳が始まります。「私の足さえ悪くなければそんな会議くらい出てあげるのに」だってさ。でもそういう問題じゃないだろうって、おいらも思うよ。そんなマンモスマンションの理事長ができるのかよって。とにかく一時しのぎみたいなことだったら言わない方がまだましだって母ちゃんは思うわけ。本当にいちいち口をはさむ必要ないよね。物事がよけいにややこしくなってしようがないもの。

とにかく婆ちゃんは父ちゃんの機嫌が悪いといろいろ気になるらしく、母ちゃんを質問攻めにしています。母ちゃんは「幼稚園児じゃあるまいし、いろいろ心配したってしようがないでしょう。その理由を聞いて何か良い解決方法でもあるの」って。すると婆ちゃんは「ちょっと聞いただけやないの」って言い返すんだよ。おいらが聞いててもちょっとじゃないし、とにかくしつこいんだから。

おいらたち犬から見ても、人間の親子関係って不思議だね。親は年老いてヨタヨタになっても、まだ自分の子供のことが気になって仕方がないらしい。子供もいつまでたっても親離れができないんだネ。その点、おいらたち犬の方がずっとたくましいよ。

それと母ちゃんがよく感じていることは、婆ちゃんの物事を何でも悪い方へ悪い方へと考えていくマイナス思考とかいうやつです。でも母ちゃんはこれがすなわち年を取るということなんだと思っているようです。年を取って自分の体も思うように動いてくれなくなり、いろんなことが頭で考えるようにはできなくなってくると不安で仕方なくなってくる。頭の中ではいつも「前ならこんなこと簡単にできていたのに情けない」ってね、そういう意識だけはものすごくはっきり持っているのです。そんな時母ちゃんは、「若い頃は誰だってそんなことできて当たり前でしょう。自分の今の年令を考えてよ。同じ年頃の人たちとくらべればよくできている方よ。同じ年頃の人たちの中には寝たきりになっている人だっていっぱいいるのに。どんな風にでもとにかく自分でできるっていうことは幸せだと思って感謝しないと。それに若い頃と同じように今でもできていたらそんなの妖怪やワ」って笑います。すると婆ちゃんもようやく「そうやね」って笑っています。ちょっとホッとするのかもしれません。母ちゃんが思うのに、要するに婆ちゃんは自分が年を取っているという現実を素直に受け入れていないようです。それにくらべると母ちゃんの方が、最近自分は確実に年を取ってきているという現実をいろんな面で自覚してきています。

母ちゃんは今までいろんなことをきちんとしてきた人でした。でも最近は、物をこぼすとか、落としてこわすとか、日常の行動のごく当たり前の動作でだんだんミスをするようになってきたことに気が付いています。母ちゃん愛用の一口ビールのコップも、六個揃いだったのがとうとう残り一つになってしまいました。その前に自分専用のとっても素敵なビールグラスを二つもこわしたうえにです。お茶とかお砂糖を容器に移し替える時にもこぼしています。こんなことは今までの母ちゃんからは考えられないことなのです。だから母ちゃんは今まで何気なくしていたことに対して、一つ一つ意識してするようにしているみたいです。母ちゃんは自分が年を取ってきたという事実を現実として受け入れているからだと思います。

こんな日常の小さいけどさまざまな出来事をくり返しながら、笑ったり、怒ったり、泣いたりしながらも特に大したこともなく平凡といえば平凡な日々が過ぎていきました。

そんな我が家に、またまた一大事件が起こりました。それは去年の本当に暑い暑い夏のことでした。思えばおいらの一大事件も暑い夏でしたよね。そう考えると暑すぎるというのは動物の体に異常をきたすものらしい。特に抵抗力の弱いお年寄りとか子供にはネ。おいらたちワンちゃんもだよ。その日も母ちゃんは買い物に行くのにいつも通り玄関の鍵をかけて出かけました。二時間ほどして母ちゃんが買い物から帰ってきました。たくさん買い物をしてきた時は母ちゃんは車を玄関前に停め、荷物だけ先に家の中へ入れるのです。エンジンをかけたままにしているので大急ぎです。門を開けた母ちゃんは玄関の扉がちょっとだけ開いているのに気付き、おかしいと感じました。すき間から婆ちゃんを呼んだのですが返事がありません。いつもだったら呼べばすぐエッチラオッチラと出てきます。それがシーンとしているのです。母ちゃんは心配になって裏に走っていって家の中を見ると、婆ちゃんが自分の部屋の真ん中につっ立っているのが見えました。母ちゃんが何回も呼ぶのですが、ボーッとして何か放心状態のように見えました。今の家は玄関の鍵にも工夫がされていて、こんな状態になってしまうと中から開けてもらわないと入れないのだそうです。裏の部屋の鍵を婆ちゃんが開けてくれるまでには大分時間がかかりました。玄関の方はとうとう開けることができなかったのです。頭の中がパニック状態になってしまい、わけがわからなくなってしまったようです。しばらくして後でよく聞いてみると、恐いから家中全部閉めておいたということらしいのです。でもそれなら玄関ドアの半開きのわけがよくわかりません。

母ちゃんは出かける時、あの暑さですから裏の方の窓は開けたままで出かけていますが、車道に面している裏の方は高いフェンスと生け垣があり、表側の玄関前ではおいらがちゃんと番をしているし、誰も入ってこられません。おいらの家は門から玄関のドアまでちょっとだけですが歩くようになっていて、用事の人がおいらのつながれている玄関のドアのところまで入ってくることはほとんどありません。父ちゃんか母ちゃんのどちらかがいない限り、食いつきそうに吠えるおいらを制して玄関前までこれる人はいないからです。

その時、母ちゃんは婆ちゃんの様子がおかしいと思ったのですが、父ちゃんが帰ってくる頃には普通になっていました。一応こんなことがあったというのは父ちゃんには話していました。ところがあまり日にちをおかずして同じような出来事が三回もあり、母ちゃんは父ちゃんにはっきり婆ちゃんの異状を伝えたのですが、父ちゃんは自分の目で見ていないし、やはり自分の親のそんな状態を受け入れたくなかったのだと思います。そして母ちゃんの話を聞くどころか、反対に母ちゃんを怒ったのです。いつかは必ずこういう日がくるから、その時には二人が気持ちを一つにして頑張って看てあげないととっても大変なんだと、父ちゃんにそれとなく何回か話していた母ちゃんの堪忍袋の緒が、プッツンと大きな音で切れました。母ちゃんの気持ちもわからずに頭ごなしに怒鳴るという行動をとった父ちゃんを、母ちゃんは許せない気持ちでいっぱいでした。

母ちゃんは話せばよくわかる人なのに、言うこともしっかり聞いてあげずに押さえつけるように頭から怒鳴るのは、本当に父ちゃんという人は明治時代の男の人と一緒だとおいらも思いました。母ちゃんにしてみれば、これから先の期限のない介護というのは心身共に本当に疲れる大変なことだと考えていたわけです。でも父ちゃんにしてみればそれ以前の問題で、年は取ったとはいえ今までしっかりと考えて話していた母親が、ある日突然わけがわからなくなってしまうという現実を、なかなか自分自身の中に受け入れられなかったようです。

かくして我が家は二人の気持ちが落ち着くまで、一階と二階の別居生活とあいなったのであります。でもおいらの生活自体には何の影響もなかったので、見て見ぬふりをしていました。父ちゃんと婆ちゃんの食事はいつものように一階にきちんとしておいて、母ちゃんは一人で二階です。母ちゃんは父ちゃんがわかってくれるまではと堅く心に決めていたようでした。「クソーッ」とビールをグイグイ飲んでいたことでしょう。こうなると母ちゃんは誰がなんと言おうと自分の信念は決して曲げません。でも日常の主婦の仕事はちゃんとしていました。父ちゃんは一つ何か起こるとすべてに知らん顔するのですが、母ちゃんはものすごく割り切っていて、それはそれ、これはこれという考え方をするのです。だからこんな状態の時もトラブルのこと以外の主婦の仕事はするのです。おかしかったのはトラブルの元とも言うべき張本人の婆ちゃんが、三日くらい過ぎた時、母ちゃんに「どうしたの」って聞くのです。母ちゃんは父ちゃんに理由をよーく説明してもらうようにって婆ちゃんに言いました。婆ちゃんが父ちゃんに聞くと「知らん」「うるさい」の一点張りです。その頃きっと父ちゃんは自分自身と闘っていたんじゃないかなとおいらは思いました。

そして父ちゃんが出勤時間の一分一秒を争うような朝の忙しい時に、また別の〝婆ちゃん事件〟が起こったのです。父ちゃんは遅刻しそうになって怒り狂っていました。そういう時の婆ちゃんは怒られれば怒られるほど、余計にわけのわからないことを言い出します。怒りながら出かける父ちゃんを、母ちゃんは車で駅まで送っていきました。母ちゃんはその時は黙って「行ってらっしゃい、気を付けてネ」といつもの見送りをしましたが、心の中では「これでよーくわかったでしょう」って言っていたと思います。父ちゃんはきっと現実を目《ま》のあたりに見て恐かったと思います。ショックだったと思います。が、受け入れざるを得ない状況におかれたわけです。しかし母ちゃんはその朝の件に関しても特に父ちゃんに何か言うわけでもなく、相変わらず知らん顔していました。父ちゃんが自分から言ってくるまで待っているんだなっておいらは気が付いていました。

そしてまた、〝婆ちゃん事件〟が続けて何回か起こりました。ちょうど運良く父ちゃんの夏休みが始まり、婆ちゃんの様子を一日中見たり、話をしたりする時間が持てるようになっていました。父ちゃんは母ちゃんに、「おフクロに何回話してもわかってもらえない」って半分悲しそうに、そして半分怒って言いました。婆ちゃんに一連の〝婆ちゃん事件〟のことを説明するのですが、本人は「そんなことしていない」「言わない」と言うのだそうです。母ちゃんは父ちゃんに、外から見ればわからないけれど、一端病気が出ると別人になってしまうんだから仕方ないということを言ってあげました。母ちゃんには婆ちゃんの顔付きも違っているのがわかるらしい。人間も犬もそうだけど、動物の老化現象がひどくなるということは、肉体の衰退はもとより、脳にもさまざまな異状をきたすということらしい。脳ミソが縮んじゃったり、つまったりするんだって母ちゃんが言ってました。

この夏休みの間に父ちゃんと母ちゃんは信州に旅行に行く計画を立てていました。二人共どうするんだろうとおいらは内心ヒヤヒヤしながら見守っていたら、母ちゃんが一つの提案をしました。それは老人健康施設の中に設けられている〝ショート・ステイ〟というシステムを利用するということでした。この施設というのは病気等で入院していたお年寄りが普通の家庭生活に戻れるよう、リハビリ訓練をしながら回復させていくための施設で、俗に言う老人ホームとは別のものです。

母ちゃんは今の家に転居してきた時に、近い将来我が家に起こりうるであろうこのような事態を考え、こういったことの情報をせっせと集めていました。町の相談員の方とも面談したり、施設の内容も実際に自分の目で見て確かめたり、老人介護教室に参加して勉強したりしていました。だからいざという時にはどこへ相談したらよいかしっかり把握していて、父ちゃんに提案したのでした。ところが父ちゃんとしては、何かというと今まですぐに身内のお姉さんを頼っていたこともあり、また、婆ちゃんが生まれてこのかた大きな病気や事故で入院したような経験がまったくないため、他人との協同生活らしきものをしたことがないというのを考えると不安だったのだと思います。すぐに返事をしませんでした。

そうこうしているうちに日にちはどんどん過ぎて、旅行の十日ほど前になってしまいました。おいらはもう二人共旅行に行くのをやめるのかと思ってたよ。それまで母ちゃんは何も言わずにじーっと待っていたのですが、いつもの父ちゃんのギリギリまで何もしないという性格を考え、「自分たちだけのことだったら時間がなくてもそれなりの対応はできるけれど、婆ちゃんのことを考えるとある程度の余裕をもっていろいろしてあげないと精神的にバタバタとあわててしまって物事が大げさになってしまうから」と言い出しました。父ちゃんも決心せざるを得なくなりました。半ば母ちゃんに押し切られる形でしたが、母ちゃんの意見を受け入れることにしたのです。そして以前相談に行った町の施設に問い合わせたのですが、ちょうどお盆の季節ということも重なり、結局はそこはいっぱいでダメでした。そこで違うところを紹介してもらい、隣の町の施設まで行くことにしたのです。

婆ちゃんにとっては本当に生まれて初めての経験です。かなり抵抗はしましたが、どう言ったところで、今の状態では父ちゃんと母ちゃんが留守の間、家に婆ちゃん一人でいられるわけもないのですから仕方ありません。父ちゃんと母ちゃんは婆ちゃんを連れて面接に行きました。カウンセラーの方と面談し、実際の部屋等を見せてもらい、婆ちゃんのことを考えて個室を予約してきたのです。母ちゃんは少々荒療治かなとは思っていたようですが、いずれ遅かれ早かれこういうところのお世話にもならないといけないと考えていました。それだったら早いうちに少しでも慣れておく方が良いと思い、半ば強行したのです。そうしなければ父ちゃんも母ちゃんも家を留守にできないのですから。

母ちゃんは婆ちゃんを送っていく朝、婆ちゃんが思っていたよりサッパリとしていたので安心したようでした。気持ちの中ではいろいろな思いがあったはずですが、実際に家を離れた時、父ちゃんも母ちゃんも本当に安心して旅行が続けられたようです。〝案ずるより生むが易し〟のことわざ通り、結果オーライだったのです。九日間の婆ちゃんのショート・ステイはこうして無事終了しました。

母ちゃんはもう次のことを考えていました。そして父ちゃんにまた提案したのです。こんな良い機会を逃す手はない、これをきっかけに週に一回、今度はデイ・サービスを受けさせてはどうだろうかと。父ちゃんも婆ちゃんの初めてのショート・ステイの様子を見て、良いことだと思ったようです。またこのまま家にずーっといれば、自然に少しずつ老化が進んでいってしまうという風に考えていました。そして初めての〝敬老の日の参加〟〝週一回のデイ・サービスへの参加〟となりました。こうした間の婆ちゃんの様子は、普通の日もあれば、アレッと思う日もあったりのくり返しで過ぎていきました。おいらは我が家に起こったこの一連の切実なる現実問題が、今世間でよく言われている高齢化社会への対応とか介護に関する問題なんだなとわかりました。

この間にも例の介護認定という問題があり、この時また一騒動がありました。この介護保険という内容を、母ちゃんが何回説明しても婆ちゃんにはわからないのです。要するに普通に言われている生命保険と同じようなものだと思い込んでしまっていて、「私は入らないから」の一点張りなのです。そして悪いことに町の相談員の方が急に我が家を訪問してきたのです。急にといってももちろんその日の午前中に電話での問い合わせがあり、母ちゃんがその日の午後は時間があいていると言ったからです。婆ちゃんはもうカンカンになって怒っていました。そんな大事なことを父ちゃんに相談もせずに母ちゃんが勝手に決めたと言って怒るのです。「私は今まで主人に何でも相談して決めていた」と明治時代そのままのことを言うのです。でもこの介護保険のことに関しては、母ちゃんはもちろん父ちゃんに何でも相談しています。たまたまその日のうちに相談員の方がきてくださったというだけのことなのに。それに後日きてくれるにしたってそんなことで父ちゃんが会社を休むわけでもないだろうにさ、っておいらは思いました。でも別人のようにわけがわからなくなっている婆ちゃんには、どのように説明してもわかるはずがありません。そして母ちゃんに訪問を断わってくれと言うのです。でも母ちゃんは相談員の方も世間がこういう事態でとても忙しく、毎日十軒くらい訪問しているという現状を聞き、次はいつになるかわからないということを聞いて知っているのできてもらったのです。そして訪問の意図が特に父ちゃんに何か言ってもらわないといけないような大切なことではなく、むしろいつも婆ちゃんを見ている母ちゃんの方が必要なことだったからです。

婆ちゃんは自分の部屋でふてくされてゴロンと横になっていました。母ちゃんはそんな婆ちゃんに「もう見えるけどそこで寝たまま話するの」って一言。明治生まれの誇り高き婆ちゃんがそんなことできるわけないよな。「座るのくらいイスに座るがな」ってまた怒りながらイスに座りました。そしてすぐ見えた相談員の方に「こんにちは」でもなければ「ご苦労様です」でもなく、開口一番「私はそんな保険には絶対入りませんから、今日はハンコは押しませんから。息子に相談して決めますので、いくらきてもらっても今日はできません」ってね。相談員のお姉さんは何を言われているのかわけがわからずポカン。そこで母ちゃんははっきりとこのいきさつについて話しました。相談員の方はいろんなケースのお年寄りと接しているので、母ちゃんの説明ですぐ状況が飲みこめたようでした。

そして面談が始まりました。日常の朝起きてから夜寝るまでの一連の行動が自分でできるかとか、身の回りの自分のことが自分で処理できるかとか、ごく常識的な範囲での判定でした。でもそれを横で聞いていた母ちゃんは、これはおかしいとすぐに思ったようです。婆ちゃんは一応ほとんど全部ができるわけです。でもそれは母ちゃんが手を出さずに婆ちゃんができるまで見ていてあげるからなんだよ。他の家でも介護する人が忙しかったり、見ていてもどかしかったりするとみんなが手助けするわけでしょう。するとできないということになってしまうらしい。「これっておかしい」と母ちゃんははっきりその相談員のお姉さんに言いました。「ただ単純にできるかできないかのどちらか一つの判定では正確ではないでしょう。できてもどのくらいっていうのがわからないと。同じできるでも、私たちのできるということと、婆ちゃんのできるということではまるっきり内容が違うでしょう」ってね。でも相談員のお姉さんもその辺の矛盾点はよくわかっていて、母ちゃんの意見はしっかり書いてくれていたようでした。そしておかしかったのは、相談員のお姉さんが婆ちゃんに、手足がどれくらい動かせるか聞いた時でした。いつも「私は年寄りだからもう手も痛くて上がらないし、足も曲がっているうえに膝も痛いから思うように動かせない」って口グセのようにボヤいているのに、なんとその時両手は真上までホイッと上げるし、足は横で見ていた母ちゃんがあっけにとられるくらいスイッと上げるんだもの。母ちゃんはあきれてしまって開いた口がふさがりませんでした。でも母ちゃんが他で聞いたどこのお年寄りもみんな婆ちゃんと似たりよったりで、なぜかみんな相談員の方の前では急に元気になるらしいのです。何でいつもと同じように言ったりやったりしないのかおかしいよ。

こんな時にこの年令になってまでなんでそんな格好つけるのか不思議です。こんな人間の複雑な心理状態なんておいらにはわかりません。ややこしくて知りたくもないよ。この制度については始まる前に母ちゃんは町役場に行ってしっかりと係の方に聞いてきているのでよく理解していました。そして今利用しているデイ・サービスの施設で引き続いてサービスが受けられるよう、母ちゃんはいろいろな手続きに大忙しでした。近くのかかりつけの女医さんにも診断書を書いていただいたり、お話を聞いたりと、自分のことなどしている時間がないくらいでした。それなのに婆ちゃんは「行きたくないのに行かないとあの子らに叱られるのでしようがない」と女医さんに話したそうです。年を取ると自分がどれだけ周りの人たちに迷惑をかけているかなどということは考えられなくなってしまうのかな。むしろいつも「私は何も悪いことはしていない」と口グセみたいに言います。本当に母ちゃんもやりがいがないよな。でも母ちゃんはいつも「わかる人はわかってくれるし、神様はいつも見ているんだから」と心の中で思っているのです。同時に「今いくらしっかりとわかっていても、老化現象がひどくなったら自分もあのようになってしまうのだろうか。自己中心で周りの人たちへの思いやりも持てずにいつも不平や不満ばかりを言っているような年寄りになってしまうのだろうか」ってね。婆ちゃんだって最初からこんな風じゃなかったんだって母ちゃん言ってたもの。最新の医療技術をもってしてもこの退化していく脳ミソへの治療法はないらしい。

幸いおいらたちは人間のように自分の老いゆく姿なんて想像できる能力を持ち合わせていないので、その分気楽といえば気楽です。今日のごはんがもしかしたらもらえないんじゃないかなんていうことも考えられません。能力がないというより、まだそこまで進化していないんだと思います。その分単純で人間のように作為もない。それがおいらたちがかわいがられるゆえんでもあると思います。

てなわけで我が家では大なり小なり〝嫁と姑のバトル〟がこれからも日々くり広げられていくことになるでしょう。でもおいらのたくましい〝おっさん母ちゃん〟はきっと、「こんなことクソくらえだぜ」ってニヤニヤしながら、心の中ではカンラカンラと高笑いしていると思います。でもおいらは母ちゃんの言うように、本当にどこかに神様がいるのなら、母ちゃんが疲れてきた時にごほうびをあげてほしいのです。一言、「本当にいつもご苦労さん。ありがとう」ってね。

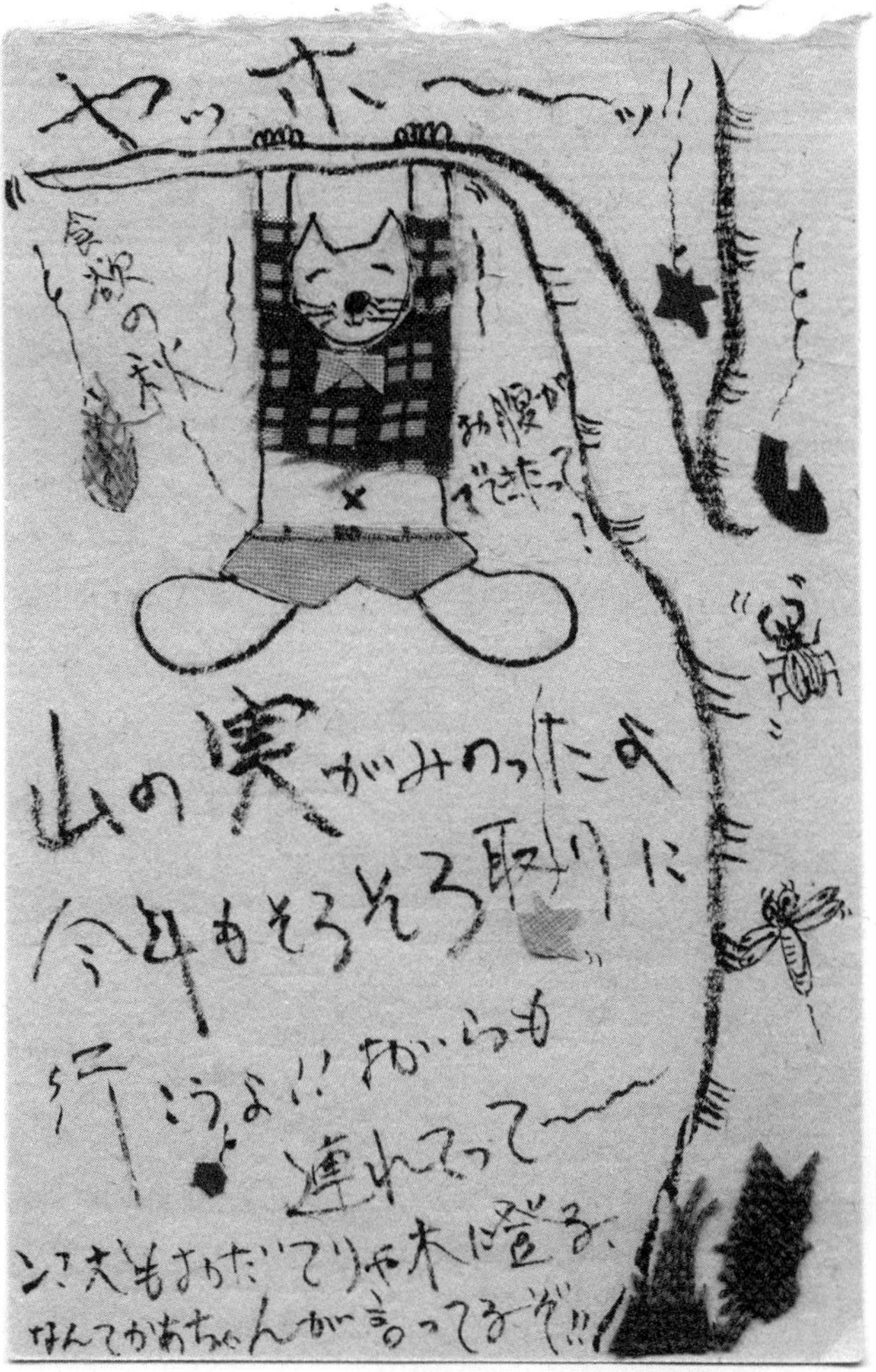
ヤッホ〜〜ッ!!
食欲の秋
お腹がでてきたって?
山の実がみのったよ
今年もそろそろ取りに
行こうよ!! おいらも
連れてって〜〜
犬もおだてりゃ木に登る、
なんてかあちゃんが言ってるぞ!!

秋の便り

第六章　おいらが見て聞いて考えた、人間という動物

考えてみると、おいらが生まれて初めてこの世の中で出会った動物は、人間ということになるわけです。〝人間〟この不思議なる生き物はなんなのだろう。格段に知的で、未来までをも予測してしまう。過去、現在、未来という時間の意識が持てる。地球上の生命体の中で一番優れているのはやはり人間だと思う。最近おいらの家の話題の中でもよく出てくるパソコン、インターネットという言葉。よく考えてみるとこの素晴らしい文明の利器の数々を生み出しているのもまた人間なのである。

でもこんなに賢い人間でも生きていくって大変なんだということをつくづく感じました。ちょっとした日常のささいなことに泣いたり、笑ったり、喜んだり。賢くなればなるほど脳ミソの構造も複雑になって、その分感じることが多くなるということだろうと思い

ます。でも逆に考えるとその分シンドイし疲れるよ。だから賢い人間はそんな時の対処の仕方にいくつかの方法を持っているんだね。それが友達であったり、趣味であったり、はたまた家族であったりするんだね。いくら強くて賢い人間でも、一人では生きていけないものらしい。一人の人間が生きていくにはそこにさまざまな人間模様を織りなして、そしていろいろな色をしている人と人との糸をからめながら、人生を織り上げていくのだと思います。

母ちゃんは昨年、そんな人間模様と自分自身の心模様をだぶらせながら、パッチワークで作品を仕上げました。母ちゃんはフリーハンドで自分を自由に表現することができるオリジナルな作品作りが好きです。こんなところでもしっかり自己表現をしているのだと思います。まだあります。おいらとの毎日の散歩の時に収集した木の実や、道端にちょっとできている野の草花をドライにして家中に飾っています。もちろん前に話した蔓採りをしたものでのリース作りを含めてです。我が家の玄関を入ると、みんながアッとおどろきます。父ちゃんはそれを「ゴミだらけ」と表現します。父ちゃんの友人を含めた男の人は

「ジャングルのようだ」と表現します。ちょっと物のわかる人というか、見る目のある人というか、手前味噌というか、そういう言い方でそれを言うと「自然のギャラリー」という表現になります。とにかく玄関、階段、廊下の壁、天井など、すき間はすべてこれらのもので埋めつくされています。

これらもすべて母ちゃんの自己表現ということになるのでしょうか。これでおどろいていてはダメです。まだあります。今母ちゃんが一番一生けん命に取り組んでいるのがやはりこれもオリジナルのドール作りです。人間でいうと二才児くらいの大きさもあるカフェ・ドールというものです。これはほんのちょっぴりだけど実益もかねているんだよ。全部自分でデザインして、コーヒーで染めて作ります。シンプルなカントリードール風のものからアンティーク風のものまで、布もボロボロの古布から母ちゃんの服をリフォームしたものまで、さまざまに表現します。そして母ちゃんの大好きな服装のデザイン、ヘアースタイル、色までを含めたトータルバランスを考えて作るのです。ひょんなことがきっかけで雑誌に載せてもらったり、また登茂子おばちゃんの経営する美容院にディスプレイ用に飾っていたらお客様からどうしても作ってほしいと頼まれたりで、ちょっと気合いを入れているようです。すべて手作りでしかも大きいので、そんなに早くはできません。

それに母ちゃんのこだわりの部分も強く、中途半端は嫌なのです。自分が気に入る色が出るまで三回も四回も染め直しをしたり、部屋中布だらけにしてその中でじーっとにらめっこをしたりしています。本当に世界でたった一つのオリジナルなのです。今までに作り上げた作品で同じものは一つもないのです。顔は仕上げにフリーハンドで描くのですが、同じように描いたつもりでも全部表情が違うそうです。母ちゃんは楽しいものを作るのが大好きです。ホッと一息ついた時、それを見て自然に笑えるもの。ドールを作り上げるまでの母ちゃんの顔は、真剣そのものです。でもでき上がったドールを見る目は笑っています。本当にうれしそうです。蔓が採れた時と同じようにうれしそうな顔です。母ちゃんの作るドールは大人用らしい。ただ飾っておくだけではなく、いつもさわったり抱っこできるようにしっかり作るんだって言います。美人じゃないけど、愛くるしくて大らかなかわいらしさが特徴なんだってさ。ホッと一息つく時に飲むコーヒーのほのかな香り、ほのぼのとした団欒のひとときにも似て、家族を幸せにしてくれるという思いが込められているんだって言ってたよ。そして写真と、母ちゃんらしいご挨拶をそえて丁寧にお送りするのです。いつまでもそのご家族にかわいがってもらえるようにと願いを込めてお送りするのです。

ドールに限らず、リースでも何かどこか飛び出していたり曲がっていたりしています。でもそれを見る母ちゃんの友達は何となくホッとするのか口元がゆるんでしまっています。上手じゃないんだけどおいらもなかなか味があるなって思います。これも自分で思いつくままに自由に作っています。でも見ていても本当に楽しそうで、おいらはその様子を見ながらついウトウトとして、そばで眠ってしまいます。

以前母ちゃんは仲良しの芳子さんと個展の話をしていました。芳子さんはおいらのワン友コウタ君のお母さんで、ものすごーく絵が上手なんだよ。おいらの母ちゃんの大切な友人です。婆ちゃんたち明治生まれの女性には〝個展〟なんて考えられないことだよな。でも今の時代、それがたとえ主婦であっても、その気があれば一人の人間として、女性として自分の生き方を表現できる場面っていくらでもあるんだね。人間ってやっぱりすごい。夢というものを持つことができて、それに向かって頑張れる。未来を想像して現実を生きることができるんだ。そんなすごい人間という動物と共存できるおいらたちは幸せだと思います。

母ちゃんは芳子さんに、「ごんチがきてから、違った人生の楽しみ方を教えてもらっているわ。本当にごんチに感謝、感謝よね」って話していました。こんな風に言ってもらえておいらも本当にうれしいよ。父ちゃんも母ちゃんに、「犬を一匹飼うだけで本当にこんなにいろいろ感じる人間もいるんやなー。たかが犬、されど犬か」って言ってました。本当に母ちゃんには何でも楽しみにしてしまうという特技があるようです。こんなに人生頑張っている母ちゃんをしっかり守ってやらねばと、人知れず心に決めている健気《けなげ》なおいらなのです。

さて、ずいぶんいろいろ話をしてきましたが、おいらの話はどうしても母ちゃん中心の話になってしまいます。だってなんてったって母ちゃんが一番おいらの面倒をよく見てくれるし、散歩に行った時も母ちゃんはいつもおいらにその日にあったことを話してくれるんだから。おいらの人間学はほとんど母ちゃんから学んだものだし、母ちゃんの気持ちを一番理解しているのがおいらになるのはしょうがないんだよ。

だけどおいらにとって父ちゃんは間違いなくボスだし、尊敬する存在なんだよ。父ちゃんはとても気まぐれで短気で、散歩に連れていってくれてもおいらにはほとんど何も話してくれないから、おいらの頭では父ちゃんという人間は何を考えているのかさっぱりわからないんだ。けれど父ちゃんと散歩に行った時、テニスコート近くの土手の上でいっしょに座って下をながめるんだけど、父ちゃんの背中は時々淋しそうなんだ。父ちゃんはいつも何かに耐えているように見えるんだ。おいらも男だから(今は去勢しておかま犬になってしまったけど)、なんとなくわかるんだよナ。父ちゃんはおいらたち家族のために闘っているんだってことが。おいらがいたずらをした時には何度もげんこつを食らっているので〝ゴンチクショー〟という思いが半分なんだけど、母ちゃんとはまた別の意味で人間というものを教えられた気がします。

婆ちゃんのことも大好きだよ。ヨタヨタして何か変だけど、昔は美人で働き者のとてもしっかりした人だったんだって。信じられないけどネ。今の婆ちゃんはおいらが間違いなく勝てる唯一の人間なんだから。父ちゃんは「婆ちゃんももう寿命だよ」なんて言ってるけど、母ちゃんは「婆ちゃんはああ見えてもまだ十年は大丈夫よ」なんて言ってます。どちらが本当かおいらにはわからないけど、やっぱり長生きしてほしいナと思います。なんだかんだ言ったって、母ちゃんもケンカ相手がいなくなると淋しくなると思うよ。だからおいらの家族は今のままでないとダメなんだよ。父ちゃんや母ちゃんや婆ちゃん、みんな個性的でちょっとおかしな住人ですが、おいらをこれからもよろしくお願いします。

いろいろなことを話していたらおいらも眠くなってきたよ。きっと明日も「ごんチ、おはよう。さあ散歩に行くわよ」っていう母ちゃんの元気のいい声でおいらの一日が始まるんだろうな。そんなこと考えて夢の中。どこかで〝ガラン、コロン〟と母ちゃんの作ったドライの実が落ちてきているよ。あー、びっくりした。おいらのケージの上にも落ちてきました。二階からは怪獣のようないびきの合唱。いつものように夢を見てうなされているのか、婆ちゃんの部屋からは恐怖のおたけびやら話し声やら。さあサスペンス劇場の始まりです。まったく寝てからもにぎやかなおいらの家族です。さて、おいらも朝までもう一眠りすることにしましょう。

おやすみなさい

著者プロフィール
風野どんぐり
信州は諏訪湖のほとり、岡谷市に生まれる。
現在は関西学研都市木津町に在住。
布や野山の自然の素材を用いて各種の趣味の作品作りに励むかたわら、
今回初めての著作に挑戦。

シバ犬ごん太の人間学入門

2001年1月1日　初版第１刷発行

著　者　風野どんぐり
発行者　瓜谷綱延
発行所　株式会社文芸社
〒112-0004 東京都文京区後楽2－23－12
電話03-3814-1177（代表）
03-3814-2455（営業）
振替00190-8-728265

印刷所　株式会社フクイン

乱丁・落丁本はお取り替えします。
ISBN4-8355-1271-5 C0093